天下篇，逍遙遊
七星劍，葫蘆酒
你就這樣長身去了江湖
自天涯滄桑風塵回來的你
大鐘鳴鼓，琴瑟竽笙
高台厚榭，邃野之居
或人何在？或人何在？
你又帶書攜酒配劍
從眼前到天涯，一路過去

落花也有温柔的遠志
像人走向水涯
而裘褐為衣，棺桐三寸
張目奸逼切如大火逼你躍牆
身臨绝澗如閉目飛躍
而這一躍往何處去呢
流水也有悲壯的柔情

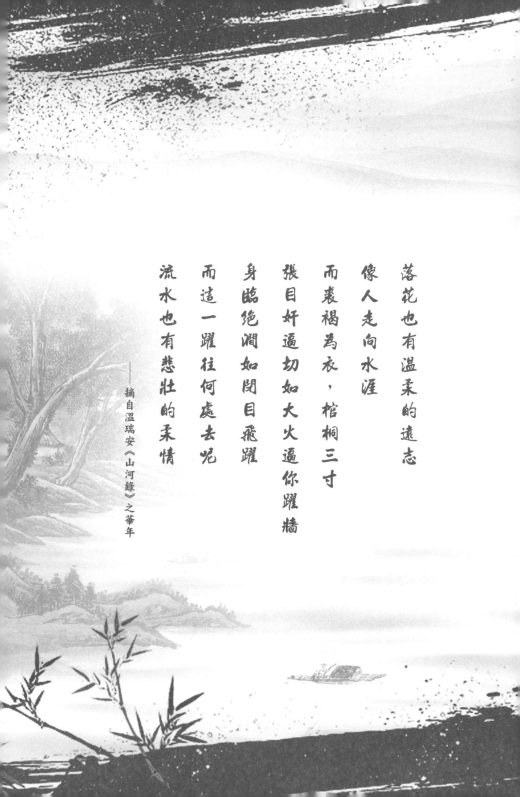

——摘自溫瑞安《山河錄》之華年

武俠經典新版

說英雄·誰是英雄系列

温柔的刀

上

溫瑞安 著

永遠求新求變求突破的溫瑞安武俠美學

劍氣蕭心

陳曉林

眼前萬里江山，似曾小小興亡。

如果在人們的想像中，古之俠者的形象就如在沈沈黑夜中劃破天穹的流星，以一霎時燦爛輝煌的光芒，觸動了深埋在內心某一角落的高尚情愫，例如對人間正義的憧憬，對生命價值的追尋，對現實困頓的掙脫；那麼，藉著抒寫俠者的故事來召喚或呼應這一抹燦爛輝煌的光芒，歸根結柢，是在呈現一種浪漫的、詩意的生命情調。

在當前時代，高科技的聲光化電、特殊效果，多媒體的視聽傳播、另度空間，儼然已成為人們生活的一部分。而《臥虎藏龍》、《英雄》等影片，在影像藝術和商業運作上的成功，似乎反而爲華文世界的武俠小說敲響了警鐘；因爲堆金砌玉的場景、幻美迷離的情致、匪夷所思的動作，猶如七寶樓台眩人眼目，卻將想像的餘裕也驅散或壓縮到了若有若無之間。試想：當武俠小說必須走上像《哈利波特》、《魔戒》等西方魔幻小說的路子才能在商業上找到出口，對於擁有深厚傳統的武俠文學而言，將是何等尖銳的反諷？

魔幻只是武俠可以運用和結合的小說文類之一，而絕不是武俠唯一的歸宿。其實，一切高明的文學作品，真正的底蘊都在於作者能以推陳出新的文字魅力引發讀者的閱讀興味，進而拓展讀者的心靈視域，武俠小說當然也不例外。溫瑞安本身是詩人，他的現代詩兼具古典美感與前衛創意，恢詭譎怪而又氣象萬千；他以詩意注入武俠，又以俠情融入詩筆，使他的武俠小說別具一股撼動人心的魅力。他又常自覺地汲引偵探、推理、科幻、神魔、演義，乃至意識流技法、魔幻寫實、後設小說等文類作爲旁枝，而以詩意盎然的文字魅力貫穿其間。

在武俠文學的領域，古龍是最先強調必須求新求變求突破的大師，但一再揭明無論情節如何變化，「人性」總歸仍是一切文學探索的源頭活水者也正是古龍。溫瑞安少年時熟讀金庸、古龍，頗受影響，及至在武俠創作上卓然自成一家，其求新求變求突破的心情，顯然較古龍更爲渴切。這是因爲他深知若走金或古的路數，充其量不過是「金庸第二」或「古龍第二」，而他寧願一往無前地營造他自己的武俠世界，建立他自己的獨特風格。

在我看來，如果以詩人爲喻，金庸或可擬之杜甫，古龍無疑可頡頏李白；則以美麗而奇倔的文字魅力自成一家的溫瑞安，殆差相彷彿於戛戛獨絕的李長吉。「女媧煉石補天處，石破天驚逗秋雨」，溫瑞安在武俠文學上種種煉石補天的抱負與嘗試，和李長吉在盛唐氣象已逝、李杜光焰猶存的時代，爲了在詩藝上尋求突破而付出的心血，而結晶的詩篇，確有交光互映之處。至少，就構思的奇炫、情節的奇變、行文的奇幻而言，溫瑞安的若干作品確有「石破天驚逗秋雨」的意趣。

溫瑞安的武俠作品數量驚人，長、中、短篇均有膾炙人口的名篇。較爲讀者所熟知者，如「四大名捕」系列、「神州奇俠」系列，在兩岸三地均極受歡迎，以致欲罷不能，甚至開枝散葉，魚龍曼衍，且反覆搬上銀幕與螢屏，始終維持熱度。然而，我則認爲「說英雄，誰是英雄」系列才是溫瑞安的巔峰之作，神完氣足，意在筆先，將他的生命體驗、多元學識與文字魅力發揮得淋漓盡致。有了「說英雄，誰是英雄」系列，溫瑞安的武俠世界才有了可大可久的基柱。爲此，我與所有瑞安的朋友一樣，殷盼他早日將完結篇「天下無敵」殺青。

瑞安與我，均是多歷滄桑患難，允爲風雨故人。平時見面的機會卻少之又少，近十年來，甚至根本未曾一晤；然而，在內心深處，彼此都將對方當作可以託六尺之孤、可以寄百里之命的生死道義之交；其中的相知相契、互敬互重的情誼，有非語言可以形容者。如今瑞安得知我對提倡及出版武俠文學仍有一份繫念，義無反顧，將他的作品交託於我；我亦視爲理所當然，與他遙相攜手，再共同爲武俠文學的發皇而走上一程。斯情斯景，正是：「如此江山寥落甚，有人呼起大風潮」！

於二〇〇三年六月十五日

武俠大說

《溫瑞安武俠小說》風雲時代新版自序

國家不幸詩人幸，因爲有寫詩的好題材。有難，才有關。有劫，才有渡。有絕境，才見出人性。有悲劇，才有英雄出。有不平，才有俠客行。笑比哭好，但有時候哭比笑過癮。文字看悶了，可以去看電影。文學寫悶了，只好寫起武俠來。

我寫武俠小說，起步得早，小學一年級時已在大馬寫（其實是「繪圖本」）武俠故事。武俠小說令我豐衣足食，安身立命多年，但我始終沒當她是我的職業，而是我的志趣。也是我的「有位佳人，始終在水一方」。我始終爲興趣而寫，武俠乃是我的少負奇志，也成了我的千禧遊戲。稿費、版稅、名氣和一切附帶的都是「花紅」和「獎金」，算起來不但一本萬利，有時簡直是無本萬利，當感謝上天的恩賜，俠友的盛情，讓我繼續可以做這盤「無本生意」。我用了那麼多年去寫武俠，其間斷斷續續（例如近五年我就幾乎沒寫多少新稿），但故事多未寫完，例如「四大名捕」故事，但三十幾年來一直有人追看，鍥而不捨，且江山代有知音出，看來我的讀友，不但長情，而且長壽。所以，我是爲他們祝願而寫的，爲興趣而堅持的。小說，只是

溫瑞安

茶餘飯後事耳；大說，卻是要用一生歷煉去寫的。

我在臺灣推出「武俠文學」系列時，是在一九七六年之後，也陸陸續續、斷斷續續在「長河」、「中時」、「皇冠」、「神州」、「花田」、「天天」、「遠景」、「萬盛」、「晨星」等出版社推出多個不同版本，近幾年我的書已沒再在台出版，港臺的版權也完全回到我手裏。我本來也沒打算在近日推出這全新修訂的版本，但後來還是改變了主意。一是讀者的要求：在台不易找到我書，縱眾裏尋他千百度，尋著了也只殘缺不全，我見獨憐；二是因爲陳曉林先生，曉林是我相交近三十載的好友，這還不算，我在相識他之前就與他文章相知，仰慕其爲人的日子。他就是那種「俠客書生」——俠者的風骨，但在現代社會裏只能化身書生議論入世救世的人物。他本身就是大俠廁身於俗世的反映。他是一枝筆舞一片江山，我是得意淡然，失意泰然，在現實裏各自堅持俠道的精神；我跟他有時是相見如冰，有時是相敬如兵，實則是俠道相逢，呑火情懷，相敬如賓。蒙他願意出版，我實在求之不得，榮幸之至。我的作品就是我的孩子。我相信他。我交給他。

時空流傳，金石不滅，收拾懷抱，打點精神。一天笑他三五六七次，百年須笑三萬六千場。武俠於我是「咬定青山不放鬆」；作爲作者的我，當年因敬金庸而慕古龍，始書武俠著演義，已歷經四次成敗起落，人生在我，不過是河裏有冰，冰箱有魚，餘情未了，有緣再續而已矣。

識於二〇〇三年六月四日端午

溫瑞安

說英雄誰是英雄 系列

溫柔的刀

上冊

目錄

這裡寫的是一個年青人，一把劍，雖然一貧如洗，但身懷絕學，抱負不凡，到大城裡去碰碰運氣，闖他的江湖，建立他的江山。

——他能辦到嗎？

烈火，鐫就了寶劍。

絕境，造就了英雄。

——《溫柔的刀》小引

一　不像人的人

到京城來碰運氣的人，王小石是其中之一。他年輕、俊秀、志大、才高，遠道而來，一貧如洗。但他覺得金風細細、煙雨迷迷，眼前萬里江山，什麼都阻擋不了他闖蕩江湖的雄心壯志。就連春雨樓頭、曉風殘月裏的簫聲，他也覺得是一種憂愁的美，而不是淒涼。

王小石跟許多人有點不同，他帶了一柄劍。

他的劍當然用布帛緊緊裹住，他並非官差，也不是保鏢；衣著寒酸，而且是個過客，若不用布把這利器遮掩起來，難免會惹上許多不必要的麻煩。

被厚布重重包裹起來的劍，只有一個特點：那就是劍柄是彎的。

劍是直的。

劍柄也是直的。

他的劍柄卻是彎如半月。

◇◇◇

「黃鶴樓中吹玉笛，江城五月落梅花。」

如果王小石不是因慕黃鶴樓之名，藉路過特意在湖北勾留，遊覽一下這名樓勝景，就不會見到白愁飛。

假使他沒見著白愁飛，那麼往後的一切就不一定會發生；就算發生，也肯定並不一樣。

人生其實就是這樣，無意中，多看一眼，多聽一句話，可能會造成極大的改變。刻意爲之，反而不見得如願以償。

江水滔滔，風煙平闊，樓上樓下，仍有不少風流名士的墨跡詞章；唯因黃鶴樓下的街道上，市販聚集，叫賣喧囂，洋溢著一股魚蝦腥味和其它雞鴨犬豕的氣味，髒污滿地，本來恁地詩意的一棟黃鶴樓，已經面目全非。

不過，街上攤販麇集，各式各樣的貨品都有，叫賣拉客之聲此起彼落，而又混雜在一起，熱鬧異常。

這些販夫、商賈們都知道，慕名而來此地的人，未必旨在瀏覽風景，乘機可以逛逛市集，連同煙花女子，也停舟江上，簫招琴撫，陪客侑酒。

王小石觀覽了數處，商販眼光素來精明，見他衣飾寒傖，料他身上無多少銀子，也不多作招呼。

王小石只覺掃興，想登舟渡江，忽聽貢噹噹一陣鑼響，一時吸引住了王小石的注意。只見街頭的一列青石地特別空了出來，是給走馬賣解的人表演用的，佔地相當之廣，不少人正在圍觀，交頭接耳，待表演者告一段落，就有小僮過來納錢。通常，圍觀的人都會丟上幾文錢，賣解的人才拱手致謝，說幾句承蒙捧場的話，繼續表演下去。

王小石也湊熱鬧地過去張了一張。

他就是這樣望了一望。

一切就發生了，免不了了。

在他過去看上一看的時候，也有一個念頭在心裏閃過：會不會正好有個江湖賣武的美麗女子，正在比武招親，這一瞥就定了情，就像戲台上演的一般？

不是的。

他倒是看見了令他吃了一驚的事物：

人。

不像人的人。

青石板地上，人們圍成一個大圈，圈子裏，有幾個精壯漢子，在敲鑼打鼓，邊插科打諢，道說戲文。兩名粗壯的婦人，牽著兩尾小馬騮，戴上面具，手持小刀小劍，正在繩索上、矮凳子上作翻滾的花巧，頸上都縛著細細的鎖鍊。

另外還有幾隻大馬猴，被粗鍊縛在架上，兩隻眼睛都老氣慨慨的，在注視場中小猴的表演，看去跟垂死的老人家垂視小童嬉戲一般無奈。

這都不能讓王小石震驚。

真正令王小石驚異的是人。

石板地上，還有幾個「人」。

說他們是人，實在是一件殘忍的事。

這幾個人，有的沒有手，有的沒有腳，有的手腳都斷了，只剩下單手單足，或是一手、一足，更有一個，手腳全都沒了，張開嘴巴，只啞啞作聲，看了也令人心酸。

另外還有幾個「人」，形象更是詭異，有一個，全身埋在三尺長的甕裏，只露出一顆嘻嘻傻笑的頭，這頭顱長著稀疏白髮，但長得一張小童般的嫩臉。

另有一「人」，上半身是臉，但下半身卻長得跟猴子一樣，全身是毛，還長了半截尾巴，只是身體絕不如猴子靈捷罷了。

其中一「人」，是兩個人體的背部，接連在一起，等於兩人一體，一背黏著兩個軀體。更有一「人」，身體四肢，還算正常，但臉容全都毀了，五官擠在一起，鼻折唇翻，眇目獗牙，十分恐怖。其餘還有幾個用黑布遮篷著的大箱子，不知裝著的是什麼東西。

王小石乍看一眼，便不想再看了，只覺上天造人何其不公，竟有人生成這個樣子。他自掏出一小塊碎銀，往場中拋去。

他這樣只一瞥，還不曾看完，但留在心中的印象，是很難磨滅的。

他走了幾步，心中仍十分不快樂。

爲什麼有的人那麼健康，有的人卻天生殘缺？

這時，他還沒走過人們觀望的行列，忽有人扯了扯他的衣角。

王小石低首一看，只見一個三尺不到的侏儒，頭顱出奇地大，雙目無神，四肢都萎縮瘦小，宛若幼童，正捧了一個瓷缽，指了指場心，又指了指瓷缽。

王小石知道這是向他討錢。

王小石剩下的銀子，只有這一點點了。

這是十日前，他把伴隨他的一匹馬賣了，剩下的一點銀兩。

他賣馬的時候，心境格外消沉。沒想到就剩下的一匹千里相隨的灰馬，竟還伴不到京城。

武士賣馬，豈不與英雄掛劍、將軍卸甲同樣地失意和無奈？

不過他很願意解囊捐助這些天生殘障的可憐人。

那侏儒咿咿呀呀地比手劃腳，他點了點頭，正在掏錢，一面道：「可惜你遇到我這個窮人，真希望有善長仁翁，把你們收養，如此你們才不致在街頭路角，吃盡江湖風霜。」

王小石說這句話的時候，是非常誠心誠意的。

但他卻聽到一聲冷笑。

冷笑聲起自耳畔。

他迅目一掃，身旁的人，全在看場中畸型「小人」的表演，時而發出喝采拍掌聲，卻不見有人向他望來。

只有一人，抬頭望天。

此人華衣錦服，俊朗年輕，在人群中那麼一站，猶如鶴立雞群。

他仰首向天，眉目便看不清楚。

因爲眾人視線俱投場中，只有他一人擠在人堆裡看天，王小石才注意起他來，但也不清楚冷笑的是不是此人。

王小石說這幾句話，那侏儒臉上流露出感動的神色來，比手劃腳，咿咿呀呀地說了幾句聽不出字音的話，大致是感謝王小石的意思。

王小石抓了幾塊碎銀，正要放在乞缽裡，目光投處，忽然心念一動。

那侏儒領了銀子，又去扯另一個人的衣角，討錢去了。

王小石似想到了些什麼蹊蹺，好像跟「舌頭」有關，但一時間，又捉摸不到究竟是什麼事情，忍不住又向場中張望了一下。

這時候，鏘聲烈響，兩隻大馬猴正在模仿人類比刀比槍，圍觀的人拍手讚嘆。人在看獸類模擬人的動作，越是打打殺殺，似乎越是覺得刺激精采。

王小石的意念更清晰了起來，因爲他看到了一件事物：

刀！

舌頭！

他馬上聯想到：侏儒可能不是天生的啞子，他是斷了舌頭。

他可以準確地判斷出來：侏儒的舌頭，是用利刃割斷的！

他甚至可以判斷出一根頭髮，是被劍斷還是刀斷的：因爲他是王小石！

「天衣居士」的唯一衣缽傳人：王小石！

當王小石發覺那侏儒並不是天生的啞巴，而是舌頭被人割掉了，這樣想著的時候，只覺得心坎一痛。

這種感覺很奇特，他連在市場中看人在殺魚，也會有這種肉痛的感覺，彷彿那一刀刀不只是在剖開魚的肚子，也在切入自己的心坎似的。

像你這種人，實在不適合練武——這是天衣居士對王小石的評價。

一個真正的武林高手，一定要如天地無情，心如止水，方才可以高情忘情，無匹無對於世間。

王小石卻不是。

王小石多情。

不過，在十年之後，王小石把一柄無情的劍，練得多情深情，竟然戰勝天衣居士手上那一把「絕情劍」，連天衣居士也只好嘆道：「我看他小時候，連一隻兔子也不肯追獵，在路邊見到小狗小貓便抱回來撫養，跟別派小子們打鬥，寧可自己受傷，也不願打傷別人，我就以爲這小子沒有出息。沒想到，」他又嘆了一聲：「給他練成了，人的劍術，『仁劍』，也同時成就了刀術，他的武功，縱或不是無敵，但也還可冠絕群倫了。」

王小石於是帶了這柄劍，以及微薄的名氣，往京城裡，碰碰機會。

但卻先在這裡碰上一個被割掉舌頭的侏儒！

◇◇◇

王小石發現侏儒的舌頭是用刀割斷的，同時也發覺另外令他更憤不可抑的事：那些斷肢殘腿的人，大部分，都是給利器砍斷的。先天殘障的人，創口絕不會是這樣子：莫不是他們全遭了兵禍，或是被流寇所傷？如果真是這樣，又怎會弄到如此發育不良，而又全集中在此處？王小石狐疑起來。

他忍不住蹲下來，看一個斷了兩足一手的畸型人。

那人咿咿啞啞，似乎也正奇怪著王小石這樣的端詳他，也似是向他傾訴，他在世間所受的無盡疾苦。

王小石一看之下，登時手指禁不住抖了起來：這可憐人不但兩足一臂都是給人砍斷的，連舌頭也是遭人剪下來的！

——是誰那麼殘忍可惡！

忽然，一條大漢橫了過來，推了王小石一把，怒目向王小石瞪了一眼，低聲喝道：「要賞錢就賞錢，不給錢就別擋著！」

王小石道：「他的手是給人砍斷的？」

漢子吃了一驚。橫眉冷睨王小石，只是一個溫文的書生，登時不把他放在心上，仍低聲喝道：「你問這幹啥？」

王小石道：「他的腳是被人斬斷的？」

橫眉漢子想要發作，但又不想驚動圍觀的人，只好強忍低吼：「這關你屁事！」他用手粗魯地一推王小石的肩膀，王小石並不相抗，藉勢退了半步，口裡仍道：「他的舌頭是給人割斷的？」

橫眉壯漢搶近了一步，發覺圍觀的人們有的向他們望了過來，便強笑了一下，伸手拍了拍王小石的肩膀：「站好，站好，」隨又齜齒沉聲威嚇道：「告訴你，沒你的事，少惹麻煩！」說罷，雙手兜起殘障者，轉身走入場子裡，不時仍用一雙兇暴的眼珠往王小石身上盯。

王小石發覺那殘障者臉上露出驚懼欲絕的神色。

王小石正想有所行動，忽聽一個聲音道：「小不忍，亂大謀，未知底蘊，發作何用？」這聲音近得似在王小石耳畔響起。

王小石霍然回首！

只見百數十人中，那本來仰首看天的頎長漢子，忽低首自人群中行去。

王小石心念一動，正想擠入人群中追蹤此人，忽然，迎面也有一人擠了過來，來人與去者一進一出，引起人群中爆出罵聲，幾乎與來人撞個滿懷。

來人左肘一抬，護胸而閃開。因爲閃得太急，不意踩到一個圍觀婦人的後跟，那婦人忍不住罵了一句：「不長眼睛的！」

那人眉宇一緊，忍不住想要發作，但又忍了下來。

王小石卻在一瞥中呆住了。

他從來沒有見過這麼美的男子。

那薄刀似的柳眉，一起一伏之間，有說不盡的俊俏。陽光透過遮陽帽的葵葉縫隙照在臉上，一光一暗，白似美玉，黯影柔倩，就這麼一剎那，那人已皺了皺眉，不耐煩地按下席帽，繞了過去，看起來，似正在找什麼人。

王小石注意到他腰畔斜繫著一個長形的包袱。

王小石一看就知道：那是刀。

二　櫃子裏的人

那人已沒入人群裡不見了。

王小石還往場中看，卻見場中的數名漢子和壯婦已收拾兵器、雜物，匆匆離場，圍觀的人群也開始散去。

王小石忽然想起「小不忍則亂大謀」這句話，未知底蘊，發作何用？他打算先跟蹤這一群賣解的人，弄個水落石出再說。

他們穿過大街，又走過小巷，路上行人，時多時少，那幾個賣解的人走走談談，一面說著些葷話，不時在那幾個畸型人和侏儒背後，踹上一腳，打上幾鞭。這樣看去，不像同是人在走路，而是主人在趕著雞鴨鵝或什麼畜牲的，主人對待奴隸總要吆喝、鞭撻，才能顯示自己威風似的。

王小石看得怒火上昇，正在此時，遠處迎面來了一個高高瘦瘦的人。

這高瘦個子，穿一襲陰灰色長袍，臉上白得似終年不見陽光，鋪了一層寒粉似的，他背上挽了一個又老又舊又沉重的包袱。

這人走近。

賣解的人全都靜了下來。

這人漸走漸近。

王小石甚至可以感覺得出那一群賣解的人，緊張得透不過氣來，有的人甚至雙腿在打著顫，幾乎要拔腿就跑。

陽光依依，秋風迎面，帶來幾片殘葉，遠處玉笛，不知何人斷了又續，續了又斷，欲說還休，欲說還休。

誰人吹笛畫樓中？

閒舍人家前秋菊盞盞。在這秋意寂寂的街頭，有什麼可怕的事物，使人覺得如此畏怖？

這人已經過那一群賣解的人。

他甚至不曾抬頭望一眼。

賣解的人這才鬆了一口氣，其中有幾個，還回過頭來望這瘦長陰寒的人，眼中還帶有深懼之色。

這人已走近王小石。

王小石覺得這個人，臉色森寒得像一具匿伏在地底裡多年的屍體，可是他背上包袱的寒氣，要比他身上散發出來的煞氣更重，一直到他快要經過王小石的時候，才突然抬頭，眼光陰寒如電，盯了王小石一眼。

王小石心中一寒。

這人已走了過去。

王小石又發現了一件奇怪的事。

他發現街上，至少有五、六個不同的方向，十一、二個人，有的像遊人，有的像是小販，有的是擎著招牌的相士，有的是捧著鳥籠的公子，有老有少，他們服飾不一，動作不同，但王小石眼裡卻看得出來，這些人，武功都相當不弱，而他們的目標都只有一個：

——追蹤那瘦高個子！

——瘦高個兒是誰？

——怎麼驚動那麼多人！

王小石好奇心大動。

這時，前面賣解的人，已走進了一家客棧的大門。

王小石記住了客棧的名字。

再回頭看，高瘦個子已轉入一條冷僻的小巷裡，那十一、二人也各裝著有不同的原由，不約而同的跟入巷子裡。

王小石心中已有了計議，走進客店內，賣解的人都已上房，他冷眼看他們走進的是哪幾間房門，正要回頭就走，忽見那賣解時叱喝他的那名橫眉大漢，正在二樓欄杆上，怒氣沖沖的向他俯視。

王小石只向他一笑。

隨後他步出客店，迅速走向那條轉角小巷。

——那班賣解的人就住在店裡，一時三刻逃不掉，但那瘦長個兒究竟是什麼人？會發生什麼事？倒不能輕易放過。

王小石追了過去。

秋風刮在臉上，有一股肅殺之氣。

王小石一轉入街角，眼前的景象，教他震住當堂。

巷口有一棵梨樹，自舊垣伸展出來，葉子已落了七、八成。

然後就是血和死屍！

那十一、二名追蹤者，七橫八豎的倒在地上，竟無一生還！

——高瘦個子卻不在其中！

王小石追入客店，再跑出來，轉入小巷，不過是遲了片刻的功夫，然而那十二名追蹤者，就在這片刻間遭到了毒手，別說連一個活口都不留，就連一口氣也不留。

——是誰出手那麼的快？

——是什麼血海深仇？

◇◇◇

王小石在這頃刻間有兩個抉擇：一是逃，一是查。

他決定要查。

他以極快的速度，對地上十二具死屍搜查了一遍，作出了三個判斷：

一、這十二人，都沒有其他的傷處，只有在胸口被刺了一個洞。這一個血洞，正中心房，中者無不即時氣絕。

二、這十二人，死的時候，都來不及發出叫喊。巷子外是大街，來往行人極多，只要有人奔逃呼叫，一定會驚動行人。而今死了十二個人，卻草木不驚，則可以肯定這十二人死前，連呼救的機會也沒有。

三、這十二人，大部分腰畔襟下都有令牌，或袖裡衣內藏有手令、委任狀，莫不是六扇門的捕頭、衙裡的差役，或吃公門飯的好手、大內的高手。

但這十二名好手，卻一齊死在這裡。

王小石還待細看，驀聽一聲女子的尖呼。

原來有一名女子跟她的情郎走過巷子，忽爾情動，想轉入街角死巷濃情蜜語一番，不料卻看見一地的死人。

還有一個活人，正在察看地上的屍首。

兩人一先一後的叫了起來，待一大群路過的人和兩名捕役趕到的時候，秋風瑟瑟裡，巷子裡只剩下一地死人。

沒有活人。

捕役一見這等不止死了一人的大案，而自己恰好在這一帶巡邏，連臉都青了，問那對男女：「兇手呢？你們不是看見兇手在這裡的嗎？」

那男的說：「是啊！本來，是在這裡的，可是，後來，不知到哪裡去了。」

那女的道：「我看見他——」

捕役忙問：「去了哪裡？」

女的用袖子比著道：「剛才，他一飛就飛上了圍牆，再一跳——」

捕役瞪大了一雙眼睛。

他吃六扇門的飯，吃了整整二十年了，從來沒有聽過這種鬼話：兩丈高的圍牆，怎麼一飛就飛上去了……而那個穿灰袍的白臉瘦子，也夾在人群裡觀望。只不過，他的臉色寒意更甚了。

王小石飛身上了屋瓦，輕如一片飛絮、四兩棉花，倒勾垂掛在椽柱上，就像風裡樹梢上一片將落未落的葉子。

不過這不是白天，而是一個有星無月的晚上。

王小石伏在客棧的屋頂上。

他用手指蘸了蘸舌頭，輕輕戳開一個小洞，湊眼一看，只見那大房子裡，端坐了七八個彪形大漢，另外還有三、四名男子般的壯婦，正是白日時在市肆所見的賣解人。

被刀切去肢體舌頭的人；不准人探聽的橫眉漢；耳畔好聽而冷峻的聲音；人叢裡的美男子；令賣解人驚恐的高瘦個子，死巷裡的死屍……究竟是怎麼回事？王小石決定從這一班賣解人身上找線索。

——沒有線索。

那幾名漢子和壯婦全聚在一個房間裡，可是臉色凝重，誰都沒有先開口說話。

只見那幾名漢子，不時站起來唉聲嘆氣，搓手磨拳，就是沒有交談。

王小石不想在這裡淨喝西北風。

他想：看來，是沒有消息了。

他在準備離去之前，忽生一念。

他輕輕撬起一塊瓦片，然後用手一按，在瓦片未落下去之前，他已鷹滾兔翻朝天凳，往下落去，起伏間已落在門側。

只聽嘩啦一聲，瓦片打在地板上，房子裡的漢子，呼喝聲中，有的自窗子裡掠出，有的開門喝罵，王小石躲在門邊，那幾人一窩蜂的跑出來，王小石已閃入房中，趁亂藏身於大木櫃子裡。

他一進木櫃，即把櫃門掩上，忽覺一陣毛骨悚然。

因為他感覺到另一個人的呼吸聲。

這呼吸聲異常地慢、異常地調勻，平常人的呼吸不會如此的輕慢而細，除非是熟睡中的人才能如此調勻，何況，有一個人突然闖了進來，正常人的呼吸都會有些紊亂，可是，這呼吸如常。

——有人早就埋伏在這櫃子裡！

——是誰？

王小石全身都在戒備中。

只聽外面店家和賣解人的對答：

「什麼事？什麼事？」

「沒事，好像有人惡作劇吧！」

「什麼惡作劇？」

「有人扔下瓦片，幸好走避得快，不然要傷人了。」

「瓦片？哪會好端端地摔下來？」

「我怎麼知道！正是這樣，才要看看。」

「本店老字號開了一十三年，還不曾鬧過這樣的事。」店伙計對這一干拏槍提刀的江湖人很不存好感。

「你這是什麼意思？是說我們鬧事來著？你說，我們犯什麼要無事鬧事？」

「不是不是，椽瓦有時年久失修，遭耗子弄鬆脫打落，也有的是，對不住，對不住！客官請多多包涵，海涵、海涵。」老掌櫃見這干凶神惡煞，也不是什麼好來路，只求息事寧人。

那七、八名壯漢這才悻悻然回到房裡來。

壯婦守在門邊、窗邊，才又關起門窗，聚在一起，圍在燈前，那名橫眉怒漢把刀往桌上一放，忿忿地道：「操他奶奶的，要不是有事在身，俺可忍不了這惡氣，一刀一個，宰了再說！」

王小石屏息在櫃子裡。

櫃子裡的「人」也沒有任何反應。

只聽另一個威嚴的聲音道：「沈七，你別毛躁，今晚此地『六分半堂』總堂的高手要來，你這麼一鬧，你一個人不想活不打緊，大家可都想有個好死。午間你差點兒對人動武，我就看你耐不住性子，盡替我惹事！」

王小石自櫃門的縫隙望出去，只見說話的人是一個矍爍老漢，腰間斜插一柄鐵尺，他身邊還有一名虎臉豹眼的婦人，兩人站在那裡，旁邊的人都不敢坐。

那橫眉漢低下頭去，海碗大的拳頭握得老緊的，但對老頭的話不敢反駁。

隔了一會，另一個獐頭鼠目的漢子插口道：「老七，這就是你的不對了，把厲爺氣得這個樣子，你吃屎拉飯的麼！」

橫眉漢仍不敢反駁半句，但拳頭握得青筋畢露。

只聽那姓厲的老頭捫著他那稀疏灰白的鬍子，用凌厲的眼光一掃眾人，道：「為了幾個不相干的人，值得打草驚蛇？李越，那三個房間可都叫人看住了？」

那獐頭鼠目的人立即恭聲道：「剛才我已帶人過去看過一遍了，每房兩位把守的兄弟都說沒有什麼變故。」

姓厲的老頭悶哼了一聲，道：「那最好。」

獐頭鼠目的漢子趁機加了一句：「三江六省，五湖七海，有誰吃了熊心豹子膽，敢來招惹走馬賣解一脈的龍頭老大厲單厲爺？何況，這次連厲二娘都移玉步親自出動，誰敢自觸霉頭？」

王小石一聽，登時想起武林中幾個極具盛名的人物來。江湖上，有各種不同的教派，其中放筏的，就叫做「排教」。凡是「排教」中人，必有點真本領，遇上天災，木筏逢著了暗流，在河上打漩兒，「排教」高手自有應付的法子；如果遇上劫筏的，也可憑實力應付。另外走江湖賣解的，也自結成一個教派；醫卜星相、士農工商莫不亦然。七十二行，三十六業，凡此種種，都有一個或數位龍頭老大主掌大局。

厲單就是其中之一，他跟胞妹厲蕉紅，武功極高，心狠手辣，在湘北一帶甚有威名，不知何故全聚在此處？那叫沈七的，想必就是「過山虎」沈恒；而這個叫李越的，是活動在黃鶴樓一帶的流氓硬把子，這兒的人背地裡稱他作「虎前狐」。

王小石的記性極好，他每到一處，便把此地的武林人物特性與名號記牢。

他不知道爲的是什麼，他總是覺得，有一天，這些資料對他會非常有用。

會不會有這樣的一天呢？

王小石不知道。

他卻知道一件事：天下眾教各派，都隸屬於京城內「金風細雨樓」的管制。

天下英豪，都服膺「六分半堂」。

他們把所得到的一切，分三分半給「六分半堂」，若遇上任何禍難，「六分半堂」必定付出六分半的力量支助。

天下即一家——「六分半堂」的總堂主雷損，天下好漢都奉他爲「老大哥」。

也許，真正能跟「六分半堂」相抗衡的，也只有「金風細雨樓」而已。

而在京城裡能跟雷損並稱雄峙的，也只有「金風細雨樓」樓主「紅袖刀」蘇夢枕一人。

在江湖上，未列入什麼名門正宗的江湖中人，近幾年來，不是投靠「金風細雨樓」，便是投靠「六分半堂」。「金風細雨樓」有武林名宿和民間撐腰；「六分半堂」則是在綠林豪傑間紮好了穩定的根基，各有千秋，不分軒輊。

故此，有一句話傳：「六成雷，四萬蘇」，意即天下雄豪，至少有四萬人歸於蘇夢枕門中，但就總比例來說，仍是有六成以上寄附雷損的堂下。

只見那在厲單身邊身材魁梧的女人，咧開大嘴笑了一笑：「李越，難怪你在這一帶越混越得意了，這一張嘴皮子忒會呃人心，看來，他日在江湖耍千術詐倆的那一幫人物，得要奉你爲龍頭老大了！」

李越眉開眼笑地道：「二娘別逗我開心，龍頭老大要手底下硬，我只有這張嘴，想當老大，如上青天。」

厲單卻皺著灰眉，滿臉都是深溝似的摺紋，一點笑意也沒有：「今晚『六分半堂』到的是什麼人？怎麼還沒有來？」

李越這回卻小心謹慎的道：「據我所知，來的至少有三人，十二堂主趙鐵冷也會親自駕臨。」

厲單兄妹一齊失聲道：「啊！他也來嗎？」

李越點了點頭：「看來，總堂那兒說不定真有大事交給我們去辦。」說著眼睛興奮得閃亮。

厲蕉紅卻搖頭道：「我卻有些擔心。」

厲單不解的道：「妳擔心些什麼勁兒？」

厲蕉紅道：「以前，我們只是走江湖賣武，看不順眼的，明裡動刀，砍下一顆人頭是一個。遇上棘手的，暗裡磨槍，戳得一下算賺了。哪似今天，盡抓些不相干的孩兒，把他們割肉殘肢的，有的強塞入甕中，有的扯裂了背肌強裹紮在一起，有的更強迫他跟畜牲交配過血，全都變成了侏儒、畸嬰、半人半畜的怪物，這種事未免傷天害理。咱們又不是不能拿刀動槍，行劫截鏢，過招殺十來個人，我厲蕉紅保管眼也不眨；但把人家的小孩好好的糟蹋成這個樣子，我忍不下心。哥，咱們在走江湖的兄弟裡，也有兩三番名堂，何必做這種不願做的買賣？要是給人家掀翻了底，底下兄弟也未必服氣，這豈不喪了咱們的威名？總堂要是交代這樣子的差事，不幹也罷。」

她說到最末一句，一干人等，全變了臉色，厲單尤其厲聲喝道：「妹子，妳瘋說些什麼？」

厲蕉紅給他這一喝，也喝出了脾氣，聲音又加大了一倍：「我難道不該說麼？現在，把聞巡撫的獨生子也擄了過來，萬一東窗事發，咱們這一教的人都難免牽連在內，到時候，哥你怎麼服眾？」

只見厲單臉上青一陣、白一陣，桌上的八角燭燈也閃一陣、晃一陣。

最震驚的還是躲在木櫃內的王小石。

——原來那些殘廢的可憐人，全是他們一手造成的！

——他們爲什麼要這樣做？

——難道是「六分半堂」下的命令？

——「六分半堂」又爲何要做這種喪盡天良的事？

三 第三個人

厲單深深吸了一口氣，忍住忿怒，道：「大妹子，三十六分舵，七十二瓢，水陸二道，不聽蘇公子，就從雷堂主，咱們在西湖足可呼風喚雨，但在武林裡，咱兄妹算是什麼？妳剛才那番話，萬望李兄和在座各位弟兄，多多包涵，左耳聽了右耳忘，勿再傳揚爲幸；姓厲的他日有各位朋友用到之處，必竭力以赴就是了。」

沈七率先道：「老大放心，我們都沒聽清楚二姊剛才的話。」其餘幾人，男男女女，均異口同聲這般說。

李越眼珠一轉，也附和道：「這種話，是萬萬不能說出去的，」見眾人都目不轉睛的望著他，知道自己是場裡唯一的「外人」，難免遭受懷疑。這干人莫不是慣走江湖、殺人如麻之輩，萬一怕自己賣友求榮，難保不先來個殺人滅口，忙正色道：「我來跟諸位發個雷公誓，以表誠心，我李越若把二娘的話透露一言半句，讓我李某如過街老鼠，不得好死——」

他還待立誓下去，厲蕉紅已忍不住啐道：「你本來就是『過街老鼠』，早就人人喊打了。」

李越尷尬的道：「二娘笑話了。」但一顆懸空的心這才放下來。

厲蕉紅嘆了口氣，道：「哥哥，真要作孽下去嗎？」

厲單再也忍耐不住了，葵扇般大的手掌在桌上一拍，怒道：「住口！妳這樣說，不怕總堂的『決殺令』？自己不要命，可別連累了一家弟兄！」

厲蕉紅還待分辯，忽聽外面有兩聲哀淒的犬嗥。

房裡眾人臉色俱是一變。油燈滋滋作響。李越細聆一陣，只聽又是一長一短兩聲犬鳴，才展容笑道：「是自己人。」

厲單灰眉一揚，雙目煞氣閃現：「還約了旁人來？」

李越陪笑道：「是這次總堂把『硯墨齋』的顧大總管和戲班子的丁老闆都約了過來。」

只聽樓下傳來了兩聲輕微的拍掌聲。

厲蕉紅厲聲道：「他們也來!?」

李越道：「我有弟兄守在外面，錯不了的。」

忽聽五下連續的敲門聲，然後是「篤」的一響。

李越開門，燭光一晃，房裡走入了三個人。兩個人走在前面，身後左右貼跟著兩個人，彷彿生怕別人摸去他們所保護的人身上一塊玉似的。這後面四個人，兩個是書生模樣，但眼光流露出來的不是文氣，而是殺氣。這兩人護著一名錦衣中年人，留了兩撇小鬍子，長得福福泰泰，像個殷實商賈，瞇著兩隻眼睛，笑嘻嘻的。在他身旁是一個白淨臉蛋、雙眉高挑的青年。兩人同時但並非並肩的走了進來。這青年後面，有兩個人，像幽魂一般的貼近他，腰襟上都繫有魚皮防水囊，一看便知道是發放暗器的好手。

這兩人一見厲氏兄妹，即拱手道：「厲老大、二妹子，別來無恙？」

厲單兄妹也拱手說了幾句客氣話，李越招呼眾人坐下，厲單劈口就說：「看來，今天總堂可是大陣仗得很，不然，也不致同時驚動文房四寶『硯墨齋』的大主管顧寒林和戲班行裡的大老闆丁瘦鶴了。」

那錦衣商賈顧寒林笑著拱手道：「好說，好說，我只是個幫閒角色，厲兄和二妹子，還有這位丁老弟，才是總堂底下的紅人。」

那戲班老闆丁瘦鶴卻不客套，雙眉微蹙，有些憂慮的道：「今晚的事，還是小心些好，我接到報告，『金風細雨樓』的薛西神也來了這一帶。」

厲單兄妹失聲道：「果然是他！」

顧寒林即問：「你們見著他了？」

厲蕉紅道：「今天，咱們收拾傢伙，回到這裡時，在路上碰到一個人，很像這個傳說裡的煞星！」

顧寒林的笑意馬上全都不見了，寒著臉喃喃的道：「薛西神，薛西神，要是『金風細雨樓』出動了這個西天神煞，可不是容易啃得下去的。」

丁瘦鶴臉有憂色，但說話卻十分清脆好聽，既柔和而又字字響亮：「要是薛西神來了，那麼，午間在覃家宅子舊垣那十二名捕快命案，很可能是他下的手。」

顧寒林喃喃的道：「十二條人命，一伸手就取了下來，像擷掉一片葉子。」

厲單冷哼道：「我們可不是葉子。」

丁瘦鶴淡淡地道：「那也沒啥兩樣。」

厲單怒道：「你這是什麼意思!?」

丁瘦鶴道：「就憑我們幾個，還不致驚動得了『金風細雨樓』裡的『西神煞』。」

厲單一時發作不得，厲蕉紅問：「那麼他是爲誰而來？」

丁瘦鶴道：「我不知道，我只知道在京城裡，『六分半堂』與『金風細雨樓』已鬧得緊，有一個人，已爲薛西神專程趕了下來。」

厲單悚然道：「十二堂主趙鐵冷？」

丁瘦鶴搖頭道：「九堂主霍董。」

厲氏兄妹驚道：「霍九堂主！」

丁瘦鶴點頭道：「聽說今晚總堂來了三個人，霍董是一個，趙鐵冷也是一個。」

厲單正想問，還有一個呢？忽聽外面又是兩聲犬吠，只不過，這次比先前的可是急促得多了。

只見房中的人，神色全都凝重起來。厲單道：「是總堂的人到了。」說著正要整衽相迎。

丁瘦鶴道：「未必。」

厲單本就瞧這人不順眼，但「六分半堂」的要人將到，不便發作，只瞪了他一眼，丁瘦鶴道：「我也有人伏在附近。」忽聽遠處傳來兩聲蛙鳴，丁瘦鶴這才舒容道：「果真是總堂的人。」要起身開門，神態比厲單還要恭敬。

顧寒林卻伸手一攔。

他身後兩名書生，一晃身到了窗前，一個推窗，一個摸出把火石火刀碰敲一下，星火一亮，不久，只見遠處黯黑裡，也有星火一閃。

顧寒林這才展眉道：「確是總堂的人。」

厲單冷哼一聲：「顧大主管和丁老闆果然耳目眾多。」

顧寒林繃著臉道：「好說好說，今晚是總堂來使，不能不周全一些。」

厲單深深吸了一口氣，強作鎮定的問：「總堂還有一位來人，不知是誰？」

丁瘦鶴不由自主的有些不安起來，隨口應道：「可能是——」還未說完，就聽到樓下傳來的指掌聲，就連在木櫃裡的王小石，這時也禁不住好奇。

他來這裡的目的，本來是想要知道這些殘障的可憐人，爲何會遭人殘害？不料卻瞧上這一場熱鬧，連名動大江南北的人物：趙鐵冷、霍董也將出現在眼前。

這時候，房門又響起了五急一緩的敲門聲。

厲單兄妹、顧寒林、丁瘦鶴等一齊整衽站近門前，由李越開門。

門打開，沒有人。

李越奇怪道：「怎會沒人——」

王小石在櫃縫裡細看，只見燭光微微一晃，房裡便多了三個人，像落葉從窗外飄進來一般，無聲，無息。

三個人。

一個枯瘦禿頂的老人，銀眉白髯，一雙手全攏在袖裡，似乎手裡握著什麼珍寶一般，不容他人看見。

一個是冷硬如鐵的人。

他的臉是四方形的，身材也是四方形的，連手也是四方形的，整個人就像一個箱子。

鐵箱子。

另外還有一個人，一進來就似有意無意地，往王小石這兒看了一眼，剛好正跟王小石的眼光對了一對。

王小石一震。

那人就是日間所見那個仰臉看天的人。

這時候他不看天。

他看燭火。

燭火閃在他眼中。

他的眼神是亮的。

他的眉是飛揚的。

他的人在房裡一站，燭光彷似只爲他一人而亮，但他又灑脫得連燭光都沾不上他的衣衫。

——他是誰呢？

這時候，那一干武林人物也當然發現房中已多了三個人。

◇◇◇

「趙堂主。」

「霍堂主。」

卻沒有人去招呼那第三個人。

誰也不知道他是誰。

那人也悠然自得，不以爲忤。

趙鐵冷清了清喉嚨，也不坐下來，就用沙啞的聲音道：「今天，總堂召集大家來，是要問三件事，要你們辦三件事。」

厲單等人全都畢恭畢敬地道：「請堂主吩咐。」

趙鐵冷道：「厲單，我叫你把名單上的人全抓來，把他們全變了形，你可都有照做了？」

厲單道：「名單上四十二人，已拐到了十九名，有的閹了，有的割了，總而言之，全都照堂主的吩咐，保證他們變作侏儒或醜物，保管教他們爹娘認不出來，他們自己也說不出去。」

趙鐵冷道：「很好，聞巡撫的獨生子已抓起來了嗎？」

厲單立刻點頭道：「已到手了。」

趙鐵冷道：「你找人通知那姓聞的，如果他仍偏幫『金風細雨樓』的人，我們就拿他兒子作猴兒當街耍把式，跟你班子賺銀子去！」

厲單忙道：「賺銀子不重要，我只聽堂主的意旨行事。」

趙鐵冷冷笑道：「賺銀子也是要事。你們走江湖耍把式的，把人用沸水燙了，塗上蠍子粉，又或把人手腳反綑接一起，再踩斷他的腰脊，賣解時就說是『軟骨童』、『人球』，這種戲法我見多了，倒能博得路人同情，多投幾文錢呢！只不過，你知不知道我爲啥要你做這樣的事？」

厲單忙道：「請堂主見示。」

趙鐵冷道：「剛才便是我問你的第一件事，現在我告訴你第一件事：這是處罰！」他遊目如電，迅速地看了場中每人一眼，「這些孩童的長輩，以前多是『六分半堂』中人。而今因『金風細雨樓』有朝廷高官撐腰，多投靠了過去，我們在未下手對付他們之前，先把他們的近親狠狠的整治得人不像人、鬼不像鬼，日後再趕這些畸型人回去，讓他們追悔莫及，我們才一一剪除。這足以嚇阻叛徒。姓聞的巡撫收了『金風細雨樓』一些暗紅，就大肆緝捕我們的人，我們也要先拿下他的獨子，看他還敢不敢再作惡？」

他又冷眼看了眾人一會，道：「看還有沒有人敢造反！」

房裡沒有人敢搭腔。

趙鐵冷道：「丁老闆、顧管事。」

丁瘦鶴和顧寒林躬身道：「在。」

趙鐵冷道：「我囑你們在戲班子翰林裡物色文武可造之材，可有消息？」

顧寒林忙道：「我早已著手留意，有幾個人，功名不第，卻志高才博，正要稟呈趙堂主定奪。」

丁瘦鶴也道：「別的班子有幾個出色的武生，有一兩個是從鏢局裡轉過來的，我已把他們留在班子裡了。」

趙鐵冷嚴峻地道：「好，我們堂裡，現在恰逢敵人擴張羽翼，正要招攬人才。我們是唯才是用，德行不拘。『金風細雨樓』已控制了鏢行和翰林，我們無法在這地頭物色文武好手，便要你們多出力了。這便是我要告訴你們的第二件事。」

顧寒林道：「能為總堂效勞，萬死不辭。」

丁瘦鶴道：「為總堂分憂解勞，實在是我們的殊榮。」

趙鐵冷道：「這倒沒有叫你們去死，也沒什麼好光榮的。你們辦事得力，就有升遷，辦不成，就受處分，這是堂裡的規矩，誰都一樣。」他頓了一頓，又道：「你們知不知道有個叫薛西神的來了這裡？」

顧寒林道：「這數日來，我都聽到報告，知道有這麼一個人來了湖北。」

厲單道：「我們今日在道上還跟他碰了一面，要不要找人收拾他？」

丁瘦鶴道：「我倒知道他是住在繁昌街的河神廟裡，只等堂主下令。」

趙鐵冷忽然笑了起來。

霍董也笑了起來。

兩人相視而笑。

趙鐵冷一面笑著，一面拍了拍那青年的肩膀，笑著說：「老弟，你說可笑不可笑？」

「可笑。」青年微微一笑，那一笑裡蘊藏了許多瀟灑與冷傲。然後他跟眾人道：「薛西神是『金風細雨樓』蘇夢枕蘇公子身邊的紅人，憑你們怎奈何得了他？霍堂主這次來，便是專門對付那姓薛的，這便是今晚兩位堂主要告訴你們的第三件事。」

厲單、厲蕉紅、丁瘦鶴、顧寒林、李越、沈七等只好陪笑，臉上都現出尷尬之色。

霍董笑著笑著，銀髯白眉齊動，突然在笑聲裡一字一句的道：「伏著的人，聽夠了沒有？還不滾出來！」

眾人這才發現霍董雖然笑著，但眼睛裡卻一點笑意也沒有，那句話讓他們同時吃了一驚。

王小石也大吃一驚。

——霍董發現了他!?

他正要硬著頭皮現身，面對這一眾高手的時候，霍董倏然自雙袖裡「拔出」雙手，就像「拔」出了一雙獨門兵器！

這是一雙奇異的手。

淡金色的手。

這手一拍在桌上，立即吸住了桌面。

桌子往上一翻，飛擲上屋頂。

這剎那迅若星火，除了王小石及時看清霍董一對怪手外，其他的人只見桌子像一隻大鵰撞上屋椽，而桌上的燭火，全都落在地上，整整齊齊地嵌在地板上，一根兒也不曾熄滅。

屋頂喀啦一陣響，桌子撞破了屋瓦。

然後就見到一道刀光。

像美麗女子在情人的詩句裡圈下一道眉批的刀光。

悠遠的刀光。

刀光淡淡，挾風厲嘯的柟木大桌，就化成八爿，像八只風箏，飛散而去，從中冉冉落下一個人。

這是王小石第一次看見這道刀光。

他第一次看見這道刀光的時候，這把刀是拿來砍碎一張桌子的。

◇◇◇

霍董大喝一聲，雙掌拍在地板上。

眾人以為這次可以看清楚他的雙掌，但只見地板上的六支蠟燭，全迸射而上，飛擊那如燕子般翺翔而下的人！

那一刀的刀意未盡。

刀色淡淡，如遠山的望眉，夕照的依稀。

刀光過處，蠟燭霎時全熄，誰也看不到誰。

只有一支蠟燭仍亮。

蠟燭托在來人的掌上，像一隻小蜻蜓落在荷葉上，不驚落一滴露珠，刀光映著燭光，燭光映在他溫柔的臉上，刀光閃在他眸裡。他落在眾人的包圍中。

輕盈若詩，悠美如夢。

◇◇◇

這是王小石第一次看見溫柔。

他第一次看見溫柔的時候，全世界只亮著一支燭光。

一支只亮在他掌上的燭光。

◇◇◇

很奇怪的，在這樣的燭火下，王小石還沒有看清楚來人的臉，就先想起一個人。

那個曾在人群裡仰首看天的錦衣書生。

他想看那常仰首望天的人，他雖已隱身在黑暗裡，想必也正在注視這個隨著一片刀光、一朵燭光飄下來的人。

四　究竟是什麼人？

來人右手執刀，手掌托著蠟燭，燭光映照在她的臉上，正是王小石在日間人潮擁擠裡差點碰個滿懷的年輕人。

依然是杏靨桃腮，燭光彷彿替她頰上添了一抹艷痕。

屋裡燈火盡滅，就只她手上的燭光仍是亮著；敵人已在黑暗裡圍成一個鐵桶似的圈子，她的眼睛依然閃亮著晶瑩的神采，只有興奮之意，全無畏怯之色。

霍董叱道：「原來是個小姑娘，好刀法！」

來人聽有人讚她的刀法，忍不住笑，忽聽對方叫她「小姑娘」，柳眉一豎，道：「你怎麼知道我是小姑娘？」

她這句話一出口，本來在黑暗裡仍爲她刀法震住的人，都忍不住笑了起來。

霍董指著自己的鼻子笑道：「你看我是男的還是女的？」

那年輕刀客沒好氣的說：「當然是男的，難道還會是個女人不成？」

霍董學著她的口音，嬌聲嬌氣的說：「妳當然也是個女的，難道還會是個男人不成？」說著還用手比了比胸部。

那女子氣得一跺足，提刀逼前一步，忿道：「你們『六分半堂』的人做的好事！傷殘幼童，拐騙小孩，我要抓你們到衙裡去！」

霍董退了一步，指著自己，眉開眼笑的道：「抓我？」又怪笑著向眾人說：「她一個人？抓我們全部！」大家都笑了起來。霍董一面取笑著她，一面瞇著眼睛直盯著刀鋒，他心裡是清清楚楚的：這女子談不上什麼江湖經驗，但刀法卻一點也不含糊，先把她激怒了才好出手。

顧寒林順著霍董的語氣，調笑道：「妳抓我們去幹嘛？」

丁瘦鶴歪笑著用手指著袴子道：「妳抓，抓啊！牡丹花下死，做鬼也風流。難得小姐賞愛，請，請，請！」眾人都故意大笑出聲，笑聲裡全帶邪意。唯獨厲單不笑。他聽出來人話裡已識破他的所作所爲，雖說自己是爲「六分半堂」而賣命，不過一旦洩漏出去，還得要自己和弟兄們硬扛，所以打定主意：絕不能讓這女子活著出去！

那女子登時寒了臉色。

燭光一晃。

霍董喝了一聲：「小心！」

丁瘦鶴閃身急退，砰砰兩聲，把身後兩人撞得飛了出去，但見他身形立定，腰腹之際的袍子，已裂開兩道口子。

昏暗的燭光微映下，丁瘦鶴臉無人色，看著自己袍上的裂口，又看向那女子，再也不敢走近。

眾人心中俱是大爲震驚：人人在取笑這女子之時，都暗自提防，不料這女子刀法如此之快，明知她破臉便要出刀，卻只見燭光一晃，丁瘦鶴差點就被砍爲兩截，要不是他一向長於輕功，說不定已不能站著說話了。

霍董鼻子重重的哼了一聲，正待出手，卻聽趙鐵冷冷冷地道：「妳是蘇夢枕的什麼人？」

這回是那女子一愣，反問：「你怎麼知道我跟大師兄——」自覺失言，一時頓在那兒。

趙鐵冷點點頭，道：「難怪妳會使小寒山的星星刀法。」

霍董失聲道：「原來是近日武林中的天之驕女，『小寒山燕』溫柔溫女俠。」

趙鐵冷說話的聲音好像金石碰擊一般，鏗鏘有力，他看對方的眼光也冷似鐵：「既然妳是『金風細雨樓』的人，今晚是別想活著回去了，妳怨不得我們！」

那女子溫柔仰了仰秀麗的下頷，道：「我不是『金風細雨樓』的人，我這次赴京，正要代家師向大師兄問個清楚，爲何要鬧得這般滿城風雨。不過，你們人多，我也不怕，你們在這一帶做的好事，我正要找出罪魁禍首，你們誰都別想逃！」

霍董銀眉一攏即剔，笑道：「我們誰都沒有逃哇！」

眾人跟著哄笑，但心下都防備溫柔突然出刀，以免疏神間著了道兒。

顧寒林笑道：「難得溫女俠肯自投羅網，眷顧我們，我們恭迎敬候還來不及哩！」

霍董道：「嗄，把蘇公子的小師妹擒住了，『六分半堂』近半年來可很少見著有這樣的大功。」

他這句話一出口，包圍的人已合攏了起來，隨時一觸即發，尤其厲單與厲蕉紅兄妹，更是躍躍欲試。

丁瘦鶴因受一刀之辱，加上他個性本就好色，在燭光下一見男子裝扮的溫柔，還是有千種風情，黛眉如畫，目若凝波，膚色更是欺霜勝雪，更想把她擒住，以雪前恥。

厲單、厲蕉紅、丁瘦鶴還沒有動手，笑態可掬的顧寒林卻已先下手。

顧寒林動手的原因，爲的是兩個字：

立功！

他一聽霍董的話，就知道這是個必爭之功，不等旁人先有所動，他已一閃身從側欺近，雙掌十指在霎間正要連下七道重手，準備一舉制伏溫柔。

厲單兄妹、丁瘦鶴的功力，跟他本相去不遠，顧寒林心生意動，尙未施展，三人也不甘後人，同時出手。

這四名各有造詣的武林高手，幾乎是同一瞬間往溫柔搶進。

四人看似同時進攻，但仍有先後之分，顧寒林最先動手，亦最先見刀光。

他才一動，刀光已至。

他急退。

刀光倏沒。

厲單是第二個發動攻擊的。他的武功要比厲蕉紅高上一籌，故雖是同時出手，畢竟他快上那麼一些微。

可是刀光第二個便找上了他。

刀光來得太快。

而且又太輕柔。

輕得就像一陣微風，柔得就像一抹月色，厲單能獨臂擋駟車，也曾一力降十會，但遇上這麼輕這麼柔這麼曼妙的刀法，一時也不知從何抵禦。

他唯有退。

他一退，刀光已盯上厲蕉紅。

厲蕉紅想招架，但招架不及；想要閃開，但閃躲不及；想上縱，但上縱先要捱刀，只有連退七步。

厲蕉紅一退，刀光迎上了丁瘦鶴。

丁瘦鶴曾領略過溫柔的刀，心生懼意，出手自然要慢一些，一見前面三人都退，他想也不想，立即後退。

刀光連閃四下，疾地收回。

刀仍在溫柔手中。

燭火仍在溫柔掌中。

四名武林好手想圍攻她，但誰先動就誰先遇上刀光，四人四刀，四人均無功而退。

溫柔仍笑嘻嘻的望著霍董，看來她已鎮住了大局。

王小石在櫃縫中看見溫柔俏美的神態，越看越愛，正要細看，一道背影忽然遮住了櫃縫。

這時，他耳際裡傳來一個低而疾的語音：「我一叫『好』字，你就馬上動手，制住厲單兄妹，其他全交給我。」

王小石一愣。

那背影頎長，正是那在白日裡仰首望天的青年書生。

◇◇◇

溫柔一招就逼退了四人的進侵，頗覺洋洋自得，忍不住從她的神情裡流露出來。

趙鐵冷彷佛連視線也是四方的，對霍董道：「九哥，你的『金手印』絕技看來可不能藏私了。」

兩人慢慢移步，直至形成一前一後，與溫柔對峙著。

溫柔寒著臉，刀脊貼背，想必刀冷也透過她的背衣吧?溫柔轉立夜戰八方式，叱道：「本姑娘可不怕你們。」

趙鐵冷和霍董都笑了起來。

趙鐵冷道：「九哥，這娘兒要是擒了，交給你發落，你才馴得了她。」

霍董也笑道：「你得瞧著點，她可有幾下扎手的。」

趙鐵冷笑問：「是時候未？」

霍董忽向黑暗中反問一句：「白兄看呢？」

只聽那負手看天的青年書生負手看著屋頂道：「霍堂主已穩操勝算，何必問我？」

溫柔氣極，這幾人的對話簡直沒把她瞧在眼裡，正待發作，霍董眼神一烈，白眉一揚，猛然斷喝一聲：「動手！」雙手漾起一陣炫目的金光。

溫柔給這一喝，心頭突地一跳，正要迴刀防守，倏覺左手掌心一疼，心神驟分，霍董已閃電般的伸手抓住了她的刀。

溫柔刀鋒一轉，她手上這柄「星星刀」，削鐵如泥，絕非凡品，霍董幾制之不住，變成雙手一拍，以一對肉掌夾住單刀。

就在這時候，那青年書生驀地喝了一聲：「好！」

同一霎間，趙鐵冷已在溫柔背後出拳！

雙拳虎虎，同時擊出！

溫柔對敵經驗畢竟不足，霍董靜待她手中燭燒融，熱蠟流及掌心，溫柔一痛之間，霍董把握這分神的刹那，已控制住她手中的刀。

趙鐵冷的拳便可趁此取她的性命。

趙鐵冷的拳擊向溫柔。

溫柔花容失色。

◇◇◇

那一對拳頭，卻越過溫柔的耳際，一拳擊在霍董臉上，另一拳擊在他胸前！

霍董的臉突然裂了，同時在吐血！

溫柔一聲驚呼，眼前的人臉骨突然碎裂，把她嚇得腿都軟了。

拳風太烈，連燭火也一晃而滅。

◇◇◇

當燭火再燃起的時候，砰的一聲，一人跌出房門，趴在地上，那人正是顧寒林。

房裡的一切，都起了天翻地覆的大變化。

燭火落在青年書生的手裡。

書生的神情，依然是冷傲而悠閒，彷彿眼前所發生的事，跟他全無糾葛一般。

地上倒了不少人。

顧寒林、丁瘦鶴、厲單、厲蕉紅、霍董，以及他們帶來的所有的人，都倒在地上，如果說有分別，厲氏兄妹只是穴道受制，而不像其他的人一般，都在剎那的黑暗間莫名其妙的喪失了性命。

霍董死了。

霍董是死在趙鐵冷的一對鐵拳之下。

霍董在全力對付溫柔之際，他兄弟一般的戰友趙鐵冷卻乘機把他格殺。

就在霍董倒地、燭火忽滅的一刹那，青年書生的身形倏東忽西，顧寒林、丁瘦鶴，以及另外十二名在房中的人，全在要穴上著了一指，其中顧寒林已推開了房門，但後頸中了一指，萎倒於地，丁瘦鶴半身已掠出窗外，但背心吃了一指，半身掛在窗櫺上，再也不能稍動分毫。

王小石看去：場中站著的是贏家，倒地的是輸者。贏的人謀而後動，蓄勢已久，也有的贏來糊里糊塗，莫名所以；敗的人都再也站不起來，有的還失去了生命。江湖上的成敗，豈非都是在起落之間？王小石只聽在黑暗裡有一股倏忽隱約的急風，然後便是人倒地的聲音，燭火亮時，再看青年書生仍負手旁觀，意態瀟閒，就像壓根兒沒動過手一般。

王小石卻知道他不但動過手，而且這人本身才是高手，下的是辣手。

王小石也不知怎地，聽了青年書生背著他吩咐的那句話，他再一聽到「好」字時，便不由自主的做他所指示的。

所沒做的，他只是竄出去，認準了方位，制住了厲氏兄妹，卻並沒有殺了他們。

他雖然制住了兩人，但眼前的局面他仍沒弄清楚：究竟趙鐵冷爲什麼要殺霍董？青年書生又是誰？那自天而降的溫柔，跟他們又有什麼關係？

◇◇◇

趙鐵冷拍了拍手，像要抹去手掌上沾著的血跡，遊目逡看四周，彷彿他的目光也是四方形的，遊轉過來的時候要轉成直角，所以眼色深緩而凌厲。

然後他彷彿很滿意地對錦衣書生道：「總算都解決了。」

錦衣書生微笑道：「都解決了。」

趙鐵冷用手向王小石指了指，王小石注意到他抬肘、屈指，每一個動作都成直角形的，看來就像一個木製的人在動作：「這人是誰？」

錦衣書生也微笑著向王小石看了看，道：「現在還不知道，等一下就知道了。」

趙鐵冷平板的眼色裡似也流露出一絲欣賞之意：「他很有用。」

錦衣書生淡淡地道：「有用的人一向不怎麼願意爲人所用。」

趙鐵冷緩緩轉頭，道：「有用的人不被人用，等於無用。」

錦衣書生道：「無用之用，方乃大用。」

趙鐵冷道：「白兄，慚愧，對閣下，一直都是大材小用，懷才未遇啊！」

錦衣書生一哂，笑得甚是瀟灑，只道：「我現在卻爲一百兩銀子所用。」

趙鐵冷忙向襟裡掏：「省得省得，白兄那份，我多贈五成。」

錦衣書生接過三張銀票，用燭火照了一照，攏在袖裡，笑說：「謝了。」

溫柔左看看錦衣書生，右看看趙鐵冷，再看看王小石，覺得好像沒有人發覺她的存在；她跟蹤這一群賣解人在此聚面，然後被識破現身，正要一試刀鋒，力鬥群魔，一失神間幾爲敵所趁，不料在蠟燭一滅一明間，多了一地的死人，究竟誰是敵？誰是友？連她也分不清了，只知道自己不再是場中舉足輕重的角色。

這一思忖之間，不禁叱道：「你們是誰？幹什麼的？究竟——發生了什麼事!?」

趙鐵冷和錦衣書生互望了一眼，笑了起來。可是，溫柔所問的問題，也正是王小石心中的疑問：

59 究竟是什麼人？

——他們究竟是什麼人？

——究竟發生了什麼事？

他忘了溫柔的問題裡也包括他。

他只知道自己的問題裡也包括了溫柔。

——她是誰？

——她又是來幹什麼的？

五　人殺人

趙鐵冷笑道：「外面還有些餘波，需去收拾清理。」

錦衣青年笑道：「十二堂主請。」

趙鐵冷拱手往門外走去，錦衣書生又道：「不，該是趙九堂主了。」

趙鐵冷眼神裡掠過一絲喜意，嘴裡卻道：「這要看有沒有命當這個九堂主了。」說著便走了出去。

剩下溫柔和王小石你望我，我望你；王小石越看對方越覺俊俏，溫柔越看對方越覺不解，只有錦衣書生，誰也不望，悠然負手，看著一地不能動彈的人。

溫柔秀頷一揚，向王小石叫道：「喂！」

王小石指了指自己的鼻子：「妳——叫我？」

溫柔沒好氣的道：「當然是叫你。」

王小石又指指自己的心口：「妳叫我？」

溫柔看他傻氣兮兮的樣子，越發要板起臉孔：「你是誰？叫什麼名字？來這裡幹什麼的？你究竟幫哪一邊的？」

王小石一時也不知道先答哪一句是好，只好第三次指著自己：「我……」攤攤手道：「我也不知道。」

溫柔氣得把刀舞得「霍」地一響，隔了五尺外的王小石的衣袂也給這一股銳風帶得動了一動，但錦衣書生手上的燭焰卻晃也沒晃。王小石留心起來了，溫柔卻全然未覺，只頓足叱道：「你是什麼東西，膽敢戲弄本姑娘！」

王小石知道解鈴還需繫鈴人，便向錦衣書生拱手爲禮，錦衣書生也點了點頭，算是還禮。王小石道：「這位兄台，請了！」

錦衣書生微笑道：「不必客氣！」

王小石道：「敢問兄台尊姓大名？」

錦衣書生還未答話，溫柔已搶先道：「這還用問，他姓白。」

錦衣書生目光微注，「哦」了一聲，反問道：「白什麼？」

溫柔把刀一收，插回背上的紫鞘棗紅鯊魚皮套裡，叉起雙臂，噘嘴忿道：「我管你白什麼，快快從實招來，你爲什麼要殺人？跟他們可是同一伙的？」

錦衣書生笑道：「既然我姓白，妳問了也是白問。」

溫柔氣得又要拔刀。

王小石忙道：「閣下大名，還望賜告。」

書生也不敢怠慢，說道：「賤字愁飛，還未請教道下大號。」

王小石心中暗忖：白愁飛，白愁飛？自己初涉江湖，對一切武林中有名人物都有留心，但似乎從未聽過這個名字。難道是武林中新起的人物？以他的身手，恐怕絕對可以躋身於一流高手之中，怎麼這般籍籍無聞？口中卻道：「在下姓王，叫小石，帝王的王，大小的小，石頭的石。」

白愁飛本滿口想講幾句「久仰」的話，但一聽「王小石」這三個字，也從未聽說過這一號人物，只好把話縮回肚裡去，說道：「閣下出手好快，你制住厲氏兄妹的手法，似非中原武林五教七家六門十三派所傳。」

王小石也道：「白兄的指法更精，只不過這些人未必都該死，何故把他們全都殺光呢？」

白愁飛咳了一聲道：「若讓這些人有一個活回去，你、我、趙堂主，無論天涯海角，無一不死在『六分半堂』手下。」

王小石道：「可是，他們之中也許還有好人，無心犯錯，這一殺豈不造孽？」

白愁飛道：「我不殺人，人就殺我，就算殺錯，也不放過，何況這些人作惡多端，無不該殺。」

王小石道：「他們是人，我們也是人，我們要活下去，他們也要活下去，我們以這樣的藉口就殺他們，有一日，他們也以這般藉口殺我們，不知白兄以爲如何？」

白愁飛冷笑道：「這世間本就是弱肉強食，勝者爲王。有日我落在他們手裡，無論他們有沒有理由，要殺總是要殺的，該死的總是該死的，我也不怨人。」

王小石正色道：「可是，如果你不殺他，他也不殺你，彼此豈不就可以相安無事了嗎？」

白愁飛反駁道：「不過，只要有人的地方，人和人在一起，就勢所難免要殺對方，不是你殺我，就是我殺你。有的殺是見血的，有的殺是不見血的。有的人殺人是笑著殺的，殺人是他的樂趣；有的人殺人是流著淚殺的，殺人是被逼的；有的人不殺人，但做著比殺人更傷人的事；有的人活下來就是給人殺的。你說的那個世界，那只是你心裡想的，不存於這世間裡的。」

溫柔忿忿地道：「你們口口聲聲殺哪人的，究竟我是不是人？」

溫柔已經忍了很久。在她而言，已經是忍耐到了極限了。忍得連她也佩服起自己的耐性來。她在小的時候，因娘親和奶媽不肯買給她一個廿八角七層走馬花燈，她啕哭得把全中元燈市的人都聚攏過來看她；有次她在家裡要抓回一隻飛出鳥籠的畫眉，足足打破了家裡十一件古董、抓破了六張名畫、還打碎了祖父心愛的波斯天羅水晶鏡，嚇得她兩天兩夜不敢胡鬧；還有一次是她把爹爹的官印當作石子拿去打小黃犬，官印碎了，爹爹責打她，她一氣，一日一夜沒吃飯，先是驚動祖父，再是驚動祖母，然後驚動大伯父，最後是娘親，把爹爹罵了一頓，幾經艱苦，幾次託人，幾番哄她，才讓她破涕爲笑，肯吃飯了。當她吃第一口飯的時候，全家人都鬆了一口氣。

就算是上了小寒山之後，同門對她，也禮遇有加，師父對她也一樣疼惜，有時雖也因督促她勤加習武，責斥幾句，但都不會重罰。師兄弟裡，除了一早就藝成下山的大師兄，莫不對她神魂顛倒，就算她會上的武林高手，無不對她傾心討好，愛護迴讓，溫柔可以說是一向嬌寵慣了，也驕橫定了。

沒想到，眼前這兩個男人，卻全似沒把她瞧在眼裡：那姓王的倒還有兩顆烏靈靈的眼珠往自己身上瞟，那姓白的，簡直就不是人——至少不是男人！

溫柔忍不住了，叫了一聲。白愁飛和王小石倒是一愣。

他們一見面打開話匣子，竟然就爭辯起來，這連他們自己也是始料未及的。

白愁飛笑道：「妳放心，我們知道妳是很有名的俠女，好打抱不平，行俠仗義，是『小寒山派』女掌門人紅袖神尼最小而又最寵的女徒，溫柔溫女俠，是不是？」

溫柔詫異的道：「赫！你是怎樣知道的？」

王小石趁機說：「白兄，這裡的情形，我也弄糊塗了，還煩相告，以開茅塞。」

白愁飛反問道：「你聽過『六分半堂』嗎？」

王小石道：「從一路來到剛才，都聽說過了，『六分半堂』是京師裡擁有最大實力的幫會。」

白愁飛又問：「你聽過『金風細雨樓』吧？」

王小石點點頭道：「那是天子腳下，黑白兩道奉爲第一把交椅的組織。」

白愁飛說道：「壞就壞在：一山不能藏二虎，不允許有兩個第一。究竟誰才是第一？『六分半堂』雄霸武林廿六年，自然不能任由『金風細雨樓』的勢力坐大。『金風細雨樓』崛起奇快，勢不可擋，當然要把『六分半堂』取而代之，於是乎，」白愁飛指了指地上的死人道：「還是老規矩，成者爲王，敗者爲寇。強勝弱敗，適者自存。要分成敗，就得開始死人，這一批死人，既不是第一批，也絕不是最後一批……」

王小石不想白愁飛再說下去，便問：「剛才那位趙堂主不是『六分半堂』的人嗎？」

白愁飛道：「他？」不禁笑了一笑，揚聲問：「趙堂主，這話是不是由你作答？」

只見那四四方方的趙鐵冷像一口木箱般的推門而入，老老實實道：「到現在，我還不知道他是誰呢？」看他平實忠厚的樣子，跟他剛才下的毒手完全聯想不起來。

王小石道：「我只是一個初入江湖的無名小卒。」

趙鐵冷雙目直視王小石：「想不想富貴？要不要功名？」

王小石毫不猶豫就道：「想，要。」

趙鐵冷道：「你有好身手，你跟我，自會有出息。」

王小石道：「我不知道你是誰，爲什麼要跟你？」

趙鐵冷道：「我是『六分半堂』的十二堂主，單憑這個職銜，別人想在我手下做事，唯恐求之不得哩！」

王小石冷然道：「可是跟你做事的人，都被你殺死在這裡。」

趙鐵冷道：「現在的局面，你都親眼目睹，最好你能識相一些，我還要回去『六分半堂』，你看我會不會讓你活著出去把事情張揚開來？」

王小石反而笑了：「你要殺我滅口？」

溫柔一聽有麻煩事，巴不得湊上她一份，走前一步，一副勇者無懼的樣子：「我也在旁聽著見著了，你把我一併殺了滅口吧！」

趙鐵冷居然笑嘻嘻的回頭，臉上有恭謹之色：「溫女俠，我說誰都能殺，光是妳殺不得。」

溫柔一愣，不禁問：「爲啥我殺不得？」

趙鐵冷笑道：「我殺了這麼些人，難道溫姑娘還不了解我是爲令師兄賣命效忠嗎？」

溫柔失聲道：「你……你是『金風細雨樓』的人！？」

白愁飛怪有趣地看著溫柔，又相當無奈地望了望王小石：「這麼說，你今晚要生離此地，只怕非要亮點本領出來不可了。」

趙鐵冷向溫柔溫和地道：「『六分半堂』的人也有在我們樓裡臥底的，但究竟是誰，有的已找了出來，有的還在暗中。自來兩軍交鋒，無所不用其極，看誰本領高強些而已，這也不是什麼特別的事。」遂轉向王小石道：「你聽清楚了？」

王小石道：「聽清楚了。」

趙鐵冷道：「你既已識破我的身份，白愁飛這人我雖無深交，但我信得過他；溫女俠是自己人，我不能殺她，就只有你……」

王小石面不改容的道：「就只有我知道，你不只是趙鐵冷？」

他此語一出，連一向沉著的趙鐵冷也霍然變色，疾地跨前一步，喝道：「你說什麼？」

他這一喝，燭焰一吐，他腳下所立之處，木板吱咿作響，彷似勢將斷裂。

王小石望定趙鐵冷，閒道：「你不是趙鐵冷，你其實就是薛西神。」

趙鐵冷臉色赤脹，雙拳緊握。溫柔忍不住問：「你怎麼知道的？」說著瞥見趙鐵冷的怒容，宛似廟裡的四大金剛怒目憤容，不禁有些微悸。

王小石卻很有趣味似的望著趙鐵冷，說道：「我說對了，是不是？」

趙鐵冷海碗大的雙拳緩緩握緊。

空氣裡漲滿了一種炒栗子的聲音。

趙鐵冷太陽穴、頰額上的四道青筋，一齊凸現出來，瞪住王小石，也問了跟溫柔一樣的話：「你怎麼知道的？」

王小石笑了。

他向白愁飛笑。

白愁飛倨傲冷漠的眼神，忽然有些變了，變成有一種奇異的溫暖，但這種變化一閃即逝，他又回復到那悠然自得、漠不關心的神態，忽叫了一聲：「趙堂主。」

趙鐵冷忽地回頭：「什麼事？」

白愁飛問：「外面的事，都解決了吧？」趙鐵冷不知白愁飛何故在此時此際而有此問，便答：「解決了。」

白愁飛問：「衙裡的人幾時要來？」

趙鐵冷道：「頃刻就到。」

白愁飛又問：「那巡撫的獨子呢？」

趙鐵冷道：「就在櫃裡。」他正要問白愁飛爲何要問他這些問題，白愁飛已道：「我剛才一共問了你幾個問題？」

趙鐵冷微微一愣，心下盤算，道：「三個。」

白愁飛搖頭笑道：「錯了。連現在這個，一共四題。有這四個問題，已教你怒氣暫時平息一些了吧？你要是在憤怒中，不一定能敵得過這位老弟呢！我見你是朋友，又慷慨給我銀兩，我才讓你平一平氣，斂一斂神呢！」

趙鐵冷心中大怒，心念一轉，全身放鬆，長吐了一口氣，才道：「你認爲我不是這位朋友之敵？」

白愁飛負手道：「我也不知道他的武功高低。」他頓了一頓，指了指腦袋，「不過，他的腦筋動得倒挺快。他見你既是『金風細雨樓』的人，要混入『六分半堂』，又聽見九堂主霍董此來湖北爲的是對付『金風細雨樓』的薛西神，薛西神何許人也？誰也不知道。他目睹你殺霍董，便出語試你一試，你氣翻了臉，他便越發肯定。」

他悠閒的接道：「所以說，這秘密可以說是你告訴他的。我不想你連命都交給他。」

王小石忽然覺得手心有些冒汗。

他感覺到危機：如果白愁飛和趙鐵冷聯手，只怕他今晚真不一定能夠活著離開這客店，而很可能會跟地上這些人一樣的下場。

溫柔卻亮著星目，眨啊眨的，不知她想通了沒有，卻又問了一句：「你才是薛西神啊！那麼，午間那殺死捕快差役的高瘦個子又是誰？」

趙鐵冷道：「我怎麼知道？」

白愁飛望向王小石。

王小石道：「我也不知道。」

白愁飛笑了，笑起來的時候，很有一種狡猾的瀟灑：「還好，畢竟有些事，是我們三個人都不知道的。」

他立即補充了一句：「這樣子活下去，要有趣多了。」他還是沒有把溫柔算在裡面。

六　一只酒杯・三條人命

溫柔氣煞。

她從來沒有見過一個男子，會那麼不尊重她，那麼不重視她，那麼不當她是個人物，甚至簡直可以說不把她當人辦。

她覺得很委屈。

她看見對方泰然自若、眉清氣朗、灑脫自恃的樣子，她就越發恨透了底。

白愁飛說道：「且不管那人是誰，但總是一個不可輕視的人物。」

趙鐵冷向王小石道：「看來，你也是一個不能輕視的人物。來我這兒吧，我會重用你的。」

王小石和和氣氣地道：「你輕視我也好，重視我也好，反正那都不重要。我是我，我不會因你重視而重要起來，也不會因你忽視而自輕於世。『六分半堂』與『金風細雨樓』的鬥爭，誰勝誰負，我也不想細聞。我只想知道一件事。」

他正色問：「你是不是爲了破壞『六分半堂』的名譽，所以故意要這些江湖賣解的、戲班的和商賈淨幹些傷天害理作孽的事？」

趙鐵冷道：「『六分半堂』要維持這樣大的局面，養活這樣多的手下，暗地裡做的是什麼買賣，人盡皆知，本用不著我加這把勁；但『六分半堂』在湖北向有清譽，實力高張，效死的武林好漢極多，我不用此計，怎能教一向跟雷損有勾結的巡撫大人，改弦易幟，致而清除『六分半堂』的勢力，另行結納蘇公子？厲氏兄妹、姓丁的和顧寒林一向不幹好事，再加上這一鬧，又來個全軍覆沒，『六分半堂』便要在湖北這地頭連根拔起。」

王小石皺眉道：「那這些人真是枉信你了。」只見厲單、厲蕉紅在地上，一副不忿的神色。

趙鐵冷冷笑道：「枉信我的是雷損雷總堂主，這些人只是枉死而已。」

王小石道：「這女的還有點人性，罪不致死。」

厲蕉紅穴道雖然被封，但咬牙切齒瞪眼睛地罵道：「姓趙的，我呸！我不管你姓薛還是姓趙，你這王八羔子，幹出這等背信棄義的事，我做鬼都不放過你！」

厲單卻喝了一聲：「妹子！」軟聲央告道：「趙堂主，你高抬貴手，饒我倆兄妹狗命吧！以後做牛做馬，任你差使，決不生貳心。」

趙鐵冷道：「做牛做馬，閻羅殿裡也有這職守，下去做也是一樣。」

厲單仍哀求道：「趙堂主，今晚的事，我絕不洩露半字，要是說出一言半句，管教我姓厲的天打雷劈，不得好死。」

趙鐵冷道：「你就是不得好死。」

厲蕉紅怒道：「死就死，求饒作啥！」

厲單慌忙叱道：「妹子，妳再要亂說話，得罪趙堂主，我可不能理妳了。」

厲蕉紅大聲道：「哥，你死心吧，看今晚模樣，豈有我倆活命的份兒！」

趙鐵冷冷笑道：「厲蕉紅，妳大著嗓門，是想把事情嚷嚷開來不成？可惜，這店裡上上下下，全換了我的人；不是我的人，都殺得一乾二淨。」

王小石驚道：「什麼！你連那些殘障的人也殺了？」

趙鐵冷哈哈一笑道：「這倒沒有，那些人是給官差領功，當作『六分半堂』的滔天罪證！」

王小石這才放了心，問道：「櫃子裡有個箱子，箱子裡是聞巡撫的獨子？」

白愁飛笑答：「這是薛西神安排這個局的引子，沒有他，聞巡撫和一干狗官，不一定會更弦換轍，而今『六分半堂』連聞青天的公子都敢動了，自然翻臉成死敵。」

趙鐵冷走過去，雙手一伸，劈開木櫃，拖出一口木箱子，沉腕一拗，「咯登」一聲，鎖被拔去，趙鐵冷一腳踹開箱子。

一個秀眉秀鼻、嘴唇單薄的髫齡孩童，蜷伏在箱子內，像陷在沉夢裡不能醒來。王小石一看，便知他已中了迷藥，身上倒沒什麼異樣，想來還未遭毒手，同時也明白，難怪在黑櫃子內有這般寧定勻慢的呼吸。

趙鐵冷更顯出寬平的神態：「這次，聞大人、羌參軍等一定十分滿意。」

白愁飛道：「想必蘇公子也對你更加滿意。」

趙鐵冷笑道：「其實全仗白兄相助。我還有一樁天大的事，辦成了才算大功告成。」

溫柔忍不住道：「胡說，大師兄不會是這樣的人，不會叫你這種人幹出這些事！」

趙鐵冷不去理她，轉首看了看地上的厲氏兄妹一眼，然後向王小石道：「你再考慮考慮，我收拾他倆後，再來聽你的好消息。」

王小石道：「不必考慮了。」

趙鐵冷目光一凝：「哦？」

王小石道：「我已經決定了。」

趙鐵冷展顏算是一笑，「總算你知情識趣，大有前程。」說著走向厲蕉紅。

王小石橫閃一步，攔在厲蕉紅身前，一字一句的道：「今天死的人已經太多了，我不想再見到死人，何況，這個女匪首並不該死。」

趙鐵冷雙目神光暴長，譏刺地道：「她不該死？她生平作惡多端，正是惡貫滿盈，你來護花不成？」

王小石道：「剛才我的決定便是：今天絕不讓你再殺人。」

趙鐵冷退了一步，望定了王小石，一連點了三次頭，都說：「好，好，好。」

王小石仍面對趙鐵冷，眼珠卻向白愁飛轉了一轉，道：「白兄，你幫哪一邊？」

白愁飛抱臂退了七步，道：「我跟你今晚是第二次相見，跟趙堂主也不過見過四次，我跟他的買賣已告一段落，你和他都是我的朋友，我誰也不幫。」

溫柔啉地躍到王小石身邊，奮慨的道：「我幫你——」

話未說完，趙鐵冷已經出手。

溫柔恰好擋在王小石的身前，遮去了他的視線。

趙鐵冷雙拳飛擊，一腳勾跌溫柔。

溫柔一跌，拳已到了王小石的臉部與胸膛，王小石已來不及避開閃躲！

趙鐵冷知道自己又要多殺一人了。

在他眼中，王小石已經是個死人。

他並不怕蘇公子責怪。

因爲以他所立的功，再加上明天的行動，那都是羨煞同儕的功勞。蘇公子一向賞罰分明的，只把蘇公子的師妹絆那麼一跤，那是不必負任何後果的事：他又不曾連她也殺了！

他甚至覺得有些惋惜。

王小石是個人才，他看得出來。

既然人才不爲他所用，不如先送他進棺材！

他等待聽到王小石的骨碎聲。

臉骨碎裂的聲音跟胸骨碎裂的聲音是不一樣的：臉骨較實，胸骨較悶，比起來，還是脅骨碎折的時候要脆利一些。

不過臉骨碎折則更刺激。

趙鐵冷打碎過太多人的胸骨了，所以他喜歡打敵手的臉。

就像他打在霍董的臉上一般。

把一個跟他一起出生入死、相交多年的人的臉骨，和著驚疑及不信一齊打爛，對趙鐵冷而言，是件刺激加上愉快的事。

◇◇◇

他果然聽到骨折聲。

不是臉骨，不是脅骨，而是腕骨。

是他自己的左手手腕發出來的聲響。

清脆悅耳。

「卜」的一響。

王小石的右手還是搭在劍上。

劍柄佔劍身的三分之一長，劍鑲略圓，劍鞘古雅，看不見劍身，但劍柄卻微彎，緣頭呈刀口狀，發出一種淡如翠玉的微芒。乍眼看去，像是一把刀、一柄劍連在一起。

可是王小石未曾拔劍。

他也沒有閃躲。

他的左手掌沿準確、迅捷地切在趙鐵冷的右手腕上，「卜」的一聲，那手腕就軟垂下去。

王小石五指一撮，抬腕刁住趙鐵冷的左拳。

趙鐵冷突然收手。

他狠狠的盯了王小石一眼。

然後他用右手扶著左手，轉身就走，頭也不回。

掌聲。

白愁飛拍掌。

「好武功。」白愁飛衷心地道：「我知道你武功高，卻不知道居然還可以不動劍，就傷了他。我還妄想以為可以從你劍法中覷出你的師承；你有意要留他一隻手腕，不然，他就只剩下一對腳用來逃跑。」

溫柔聽不明白。

因為她看不清楚。

動手那一霎間，太快了。

「其實你這樣做，對趙鐵冷只有好處，」白愁飛道：「他若像個沒事的人兒，你想精明如雷總堂主，會不心生疑竇嗎？這倒讓他順利領功了。」

「像他那麼深沉的人，就算我不傷他，他也會故佈疑陣，來自圓其說。」王小石道：「我只是不喜歡他為達到目的，殺太多人、造太多孽，我只想教訓教訓他。」

「其實今晚殺人最多的是我，不是他。」白愁飛笑笑，望著他道：「這樣就夠你一輩子忙的了。」

王小石攤攤手道：「我還年輕，我不在乎。」

溫柔一雙翦水的秋瞳，溜去看看白愁飛，又溜來瞧瞧王小石，只說：「怪人，怪人，一屋的怪人，一地的怪人，一對怪人。」

白愁飛剔著眉問：「溫姑娘又何以到這怪人的地方來？」

溫柔以爲白愁飛是正正經經地在問她，那至少讓她有被重視的感覺，便舐了舐紅唇，兩頰的小酒渦忽隱忽現，道：「我師父和爹，要我到京城去助師兄，我一路玩賞著來，聽說這兒拐帶小孩，鬧得很凶，連幾員大官的兒女也失蹤了，好不容易才查得線索，趕到屋脊上伏著，就這樣——」

白愁飛打趣道：「就這樣給人掀了下來。」

溫柔玉手往纖腰一叉，瞋目嗔道：「嘿！掀我下來？本姑娘要是——」

王小石突然叫道：「小心！」

只聽「嗡」的一響，窗櫺「格」的一聲。

溫柔只覺髮上一涼，一人飛撲而至，溫柔在千忙百忙間，一時也忘了是什麼招式，攻出了七、八招，那人一張手把她摟了下來，伏到地上去。

燭光頓滅。

燭光未熄前一瞬，另一人已在叱聲中縱上屋頂。

時月已偏西，月色如銀，恰自屋瓦上那一個破洞灑下來，房內不致全黑。

溫柔不知道發生了什麼事。

那人還是壓著她。

一陣強烈的男子氣息。

溫柔本來還在掙動，正要破口大罵，忽然也懂事起來，靜了下來。

上屋頂的人又似一陣煙飛落回屋裡來。

溫柔覺得這人的身法比幽靈還輕。

那和身覆罩著她的人也一躍而起。

溫柔一度覺得自己跌入了山的懷抱裡，可是那山又離開了她。

她迷迷糊糊的站了起來，那幽靈般的錦衣人已點亮了燭光。

今晚，房裡的燭光，已經熄滅過三次。

第一次，是溫柔自天而降，刀劈燭光，陷入了眾人的包圍裡。

第二次，是大變遽生，趙鐵冷和白愁飛幾乎殺了一屋子的人，還冒出了個王小石。

這是第三次滅燭。

燭光再燃起的時候，又是怎麼一種景象呢？

溫柔忽然覺得：每一次燭光重亮，都像掀開重重的夜幕，以一隻溫柔的手，喚起自己的再一次甦醒。

那麼，燭光初亮的時候，濛濛晃晃，算是曙色、黎明，還是醒之邊緣？

杯子。

王小石在看一只杯子。

杯子並不奇怪，一地都是或碎裂或完整的杯子。

但這只杯子是嵌在柱子裡的。

杯口已全打入柱裡，杯底仍露出半分不到的一小截。

這杯子也沒什麼特別，同樣是白瓷青花鑲邊，是平常人用的酒杯。

杯子是瓷造的，瓷是極其易碎之物，這一只杯子卻整個嵌入木頭裡，杯子連一絲裂痕都沒有。

如果有奇特之處，是杯沿仍壓著幾綹烏黑的髮絲，一小爿白布，還有一點點血跡。

溫柔忽然聰明了起來。

她終於弄清楚了：

護她臥倒的人，是一向漫不在乎的白愁飛。

飛上屋頂尋敵的，是那個有些傻乎乎的王小石。

她不禁撂了撂髮鬢，就看見白愁飛好像個沒事的人兒般的問：「人呢？」

王小石仍凝視著杯子：「走了。」

白愁飛又問：「是誰？」

王小石的眉頭依然不曾舒展：「人影一閃，有點高，有點瘦，看不清楚，追不及。」這次輪到白愁飛心中一凜：以王小石的輕功，尚且追不上來人，看來敵人的武功也真非同凡響。

溫柔望著白愁飛的側臉：他的鼻子高而勻的突露出來，眼眶深深的低陷了下去，眉骨又高高的聳了起來，那好像是一張塑像的側臉，然而他，竟然是全沒在意的樣子！

溫柔越發恨了起來。

可是她就算再恨，也明白了一件事：有人暗算他們！

杯沿的髮絲，是自己的。

壓著的白巾，是白愁飛頭上方巾的一角。

王小石的左眉之上，有一抹細而鮮艷的血痕。

——那用一只酒杯下手暗算的人，竟能從這樣的一種角度，要一杯暗算三大高手！

溫柔當然也把自己列作高手。

就算她再高估自己，這回也絕不致低估來敵。因爲這小小的一只杯子，的確是差一些兒就要了在場三人的命！

◇◇◇

白愁飛喃喃地道：「好一只杯子。」

王小石用手指碰碰杯底，像生怕驚醒自己心愛的人似的：「用杯子作暗器的人，不知會不會也使得一手好槍法？」

王小石這麼一說，白愁飛就是一震，道：「莫非是他？」

王小石和溫柔同時問：「誰？」

白愁飛忙道：「一個人。」

王小石用手指往眉上血跡摸了摸，又在嘴裡吹了吹，忽喜道：「唉呀！」

這次輪到白愁飛和溫柔一齊問：「怎麼了？」

王小石喜孜孜的道：「我的血好甜！」

白愁飛沒好氣的道：「你告訴蝙蝠和吸血女鬼去吧！」

溫柔粉臉含嗔啐道：「你拐著彎兒罵我是吸血女鬼？」

白愁飛笑道：「那我豈不在罵自己是瞎眼蝙蝠？」

三人都笑了起來。

在笑聲中，白愁飛笑意不改，卻仍把話吐了出來：「又有人來了。」

王小石接道：「這回來的可不只是一個。」

七 千種流雲的夢、夢裏的人

溫柔一聽，柳眉一豎，又要拔刀。

白愁飛忙道：「這次來的是官衙方面的人。」

溫柔一愣，第一個反應就是：「抓我們的？」

白愁飛笑道：「妳犯了法不成？」

溫柔又愣了愣：「是來抓他們的？」

王小石解釋道：「這想必是趙鐵冷原先安排好的，不過這班衙差官兵一來，此地是不能再留了。」

白愁飛道：「所以還是走爲上策。」

只聽一陣陣吠聲、馬蹄聲和嘈雜的人聲，這次連溫柔也聽得分明了。

白愁飛笑道：「此時不走，尚待何時？」

三人互望一眼，王小石自屋瓦破洞拔起，溫柔越出窗外，白愁飛則往門外掠去，就在這霎間，白愁飛陡然用手指在酒杯底彈了一彈。

白愁飛這一彈，酒杯立即碎了。

碎成兩半。

這兩塊瓷片，一射向厲單，一射向厲蕉紅，去勢之疾，快逾電光！

王小石的人已明明升上了屋頂，陡聽風聲，身形驟沉，急墜至厲氏兄妹所伏之處，頭下腳上，伸手一抄，竟抄住一片碎瓷！

另一片卻「咻」的一聲，直射了過去，王小石出手不及，衣袂還被瓷片劃破一道口子，釘入厲單的額上！

厲單悶哼一聲，登時死去。

王小石忍不住心頭一陣忿怒：「你為什麼非要趕盡殺絕不可？」

白愁飛悠然道：「你的心腸太軟了！」

王小石聽了更氣：「這不是心腸軟不軟的問題，而是沒有必要，何苦要殺人！」

白愁飛依然沒有生氣：「放了這兒其中任何一個，他日，這件事傳了出去，雷損、蘇夢枕都不會放過咱們的，你想，你這婦人之仁，划得來麼？」

王小石仍悻悻然。

只聽溫柔在外面嚷道：「你們兩個在裡面幹什麼，還不出來!?」

白愁飛似乎並不想與王小石再起衝突，只道：「這女子在外面這般大呼小叫的，大概非要把全城的捕快都引到這兒來不可。」

王小石看看地上的厲蕉紅。

厲蕉紅也吃力的抬頭，兩眼閃著強烈的忿恨。

白愁飛攤攤手道：「也罷！這女人我留著不殺，希望她能不枉了你的出手相救。」

說罷飛身而去。

王小石再看看地上的厲蕉紅，再看看地上東倒西歪的死人，長長的嘆了一口氣。這時，洶湧雜沓的人聲馬嘶已逼近了，王小石拋下一句話：「妳不要再作傷天害理的事了！」說罷，一腳把厲蕉紅身上被封的穴道踢活，飛身掠出了窗外。

月光下，三道身影正在疾行。

白衣的是王小石。他衣著隨便，長衫的顏色就像月色一般，柔和得就跟月色一樣。

錦衣的是白愁飛。他身上的布料高貴而華麗，縱在月色下，反能襯托出那一股逼人的華貴。

棗紅衣的是溫柔。棗紅的緊身衣裝，鑲著細秀的繡金蝴蝶邊子，玫瑰花色的護邊貼在柔肩上，一雙水靈的眼，一對墜金耳垂珠子，晃漾在白花瓣也似的耳上，閃來晃去，還有一雙清楚而秀氣的眉毛。

就是這樣，王小石忍不住要望她。

白愁飛也向她望去，嘴角旁似有一絲傲然不屑的笑意。

溫柔知道他們在偷看她。

就算她的武功不比他兩人高，但對於判別「是不是有人在看她」這一點，她自信是無敵的。

這一點，比起女人來，男人都像蠢材。

溫柔特別高興。她秀長含笑的眼睛，故意只看前面的路，仰著臉、微蹙著眉，盡可能多吸氣、再徐徐吐出來。這樣，更可以把她秀氣的準頭、笑中含愁的秀色，以及勻好的身段，這些優點都特別突顯出來。這點很重要，要不然，溫柔總嫌自己鼻樑略不夠高，樣子好像也不夠莊重，而且她自覺長手長腳的，但胸部發育總跟嫂子、姨娘她們不怎麼一樣。

她心知這同行的兩個男子禁不住要看她，不禁得意起來，腳下也俐落得多了；剛才她追趕這兩個男子覺得十分吃力，現在倒似是這兩個男子在追她了。

她當然沒察覺這兩個男子是放慢了腳步在等她，就算她知道，也不會承認。

適才她掠出店子外，在灌林旁踏到了一具屍體：那是趙鐵冷殺掉所有在外放哨的「六分半堂」的其中之一人，溫柔一時不慎，踩上一腳，驚得叫了一聲，一時之間，箭啊、火光啊、吆喝啊，都往這兒包抄，要不是白愁飛和王小石一人一邊，挾著溫柔，一連十七、八個起落，很可能就要和官兵廝纏在一起了。

溫柔被拖著走，一口氣都換不過來了，卻還是嘴硬：「怕什麼？我們既沒殺人，又沒放火，追上來我還要跟他們討獎賞呢！」

王小石和白愁飛都不管她，照樣挾著她飛掠。

此刻離官兵已遠，三人才放緩下來疾行。

溫柔掠掠雲鬢，她知道自己這個姿勢很溫柔可愛。

白愁飛忽道：「妳鬢邊別的是不是月桂花？」

溫柔摸了摸鬢邊，把月桂花擰正了一下，嗔瞟了白愁飛一眼，道：「是呀，怎的啦？」

白愁飛「哈」地一笑，跟隔了個溫柔的王小石張揚的道：「我說呢！果然是月桂花。」

王小石不明所以：「月桂花？」

白愁飛喜氣洋洋的道：「上次月仙和鸞喜頭上也戴這個，我問過，那些小妮子都抿嘴光笑不說，現在一問，才知道是月桂花。」

王小石仍不明白白愁飛的意思：「月仙？鸞喜？」

「照呀！」白愁飛道：「秦淮河上迎春軒、雅香閣，大大小小的婊子，十個中有七、八人，頭上都戴著這麼一朵便宜又時興的玩意兒，沒想到……」

話未說完，溫柔已嘟著嘴，搶在王小石和白愁飛的前面，留下一縷香風。

白愁飛向王小石擠擠眼，笑笑。

王小石搖了搖頭。

白愁飛問：「你要上哪兒去？」

王小石道：「京城。」

白愁飛又問：「去做什麼？」

王小石道：「碰運氣。」

白愁飛笑了：「你可有朋友？親戚？」

王小石道：「沒有。」

白愁飛笑著問：「你去京城做什麼？想發財？要出名？」

王小石道：「我不知道，我有一身本領，而且心懷大志，總不能就這樣白白虛度一生。」他想想又補充道：「不過，萬一真要虛度，那也無所謂啦。」

白愁飛道：「你知不知道，這世上有許多人也像你一樣，有本領、有志氣，但仍鬱鬱不歡的過了一輩子？」

王小石好半晌都沒有說話，然後才道：「我總要試試。」

白愁飛笑道：「那很好。」

王小石反問：「你呢？」

白愁飛道：「我？我什麼？」

王小石認真地問：「你也有一身好本事，要到哪裡去？去做什麼？」

「我跟你同路、同道。」白愁飛倦乏之中帶有一種說不出的孤傲，「我也是去京城，碰碰運氣。我就是因爲不想在『六分半堂』的分堂主外圍勢力下討飯吃，所以才幹了一票結實的，撈了把銀子，到京城去，再試一試可有容人之處。」

他頓了頓，才道：「人要想表現自己，一定要站在有光亮的地方。在黑暗裡的鮮花，不如一支火鐮。」

王小石喜道：「那我們可以一道走，路上不愁寂寞了。」

白愁飛笑道：「你當然不寂寞，只愁我在你有難的時候，就會飛掉了。」

王小石倒當真了起來：「哦？真的？」

白愁飛笑道：「我不是叫白愁飛麼？如果我叫白餓飛的話，就會在你鬧肚子餓的時候飛走。」

王小石才明白自己太認真了，說道：「你在什麼時候飛掉，我都不怨你，你只是不能再騙我，像剛才說過不殺人，卻又——」

白愁飛笑道：「過去的事，就別提了。」

王小石端詳著他，忍不住道：「你笑起來的時候，倒不那麼傲慢不可親近。」

白愁飛也沒想到王小石會突然冒出這句話來，口裡卻說：「誰要是整天都在臉上笑著，想傲也傲不起來。」

忽見一陣風襲來，溫柔似一朵玫瑰般的臉靨，衝著他們面前就是一笑：「兩個男人談什麼，談得這般卿卿我我、咕咕噥噥的？」她見兩個男人沒有過來向她賠不是，但她又確實不想獨自一人在月下的郊野走夜路，於是決定以偉大的胸襟原諒他們，倒了回來，又問：「你們猜，本姑娘要到什麼地方去？猜到了請你們吃糖。」

她對王小石道：「你先說。」

王小石只好道：「蒙古。」

溫柔只好問白愁飛：「到你了。」

白愁飛認真地想了想，道：「秦淮河畔迎春軒。」

◇◇◇

他們是到了河畔，不過當然不是秦淮河，而是滔滔漢水。

他們要乘舟趕一段水路，再上陸路，直驅京城，那少說也要十天半月的路程。

三人結伴而行，到了次日下午，來到南渡頭，三人一路上有說有笑，相互調侃，倒是親近了許多。王小石和溫柔覺得白愁飛其實並非傲慢難近，但作事手腕非常，有時爲達目的，不擇手段，甚至六親不認。白愁飛和王小石都覺得溫柔天真爛漫，任性妄爲，但心地善良，好奇心強，性子倔得可以。溫柔和白愁飛認爲王小石平實誠摯，胸無成見，無可無不可，但有時認真得可畏，固執得難纏。三個人無形中似乎了解了對方許多。

但也有一種感覺：三個人都覺得只了解對方一部分，還有一些難以摸索的層面，好像月的背面，是難以觀察的。

——究竟那是什麼？

——善？

——惡？

人生裡有一些朋友，可能因志趣相投、時勢所促，結爲知交，但在重要關頭，對方真正性情的流露，可能令人錯愕，可能令人驚疑，可能令你無法接受！

這說不定才是他們的真正本性。

一路榴花似火，槐柳成蔭，遠山近水，漠漠如煙。

到了渡口，他們租下一艘船，準備明早出發，白愁飛說：「我們從水路去，較舒適一些，反正我們並不趕路。行船的慣例是：順風則行，逆風則泊。一般而言，只要不遇著倒風，對江酌月，寫意得很。」

溫柔卻道：「本姑娘不贊成。」

白愁飛道：「那妳走陸路，咱們走水路去。」

溫柔氣了，金耳墜鑲的小珠子在耳下亂擺，她手腕上的金鐲子也叮叮響著：「白愁飛！你這是什麼意思？」

王小石忙道：「姑娘是怕床上不便麼？」這一句話本想替溫柔找台階下，但心裡一急，便把「船」字說成「床」字，這可更惹禍了。

溫柔把足一頓，氣鼓鼓的指著道：「你們這些油嘴滑舌的狗鴨蛋，你少得意，本姑娘自會收拾你！」一路上白愁飛慣於挖苦調侃她，她以為王小石這一句也同一調子，而且說得更是張狂。

王小石可更情急結巴起來了：「溫姑娘，我可可不不是是這個意……思，我是想跟跟你圓圓圓床……」

這一個「床」字，原本是「場」，王小石心頭一慌，卻偏又說錯了，這一來溫柔怒極，以爲對方佔便宜佔出了面，皓腕一揚，就是一巴掌，「啪」地給了王小石一記清脆的耳刮子。

本來，以王小石的武功，是沒有理由避不開去的。

但王小石就是避不開去。

他被這一記耳光摑得愣了一陣子。

白愁飛也不勸解，只是哈哈大笑。

溫柔氣得一甩黑髮，挑腿扭腰的就竄上了岸，氣嘟嘟地說：「你們沒有一個是好東西，都欺負我！」

王小石想上岸去追，白愁飛卻攔阻道：「別急，她氣一消，沒處熱鬧了，準會回來的。」

王小石覺得臉頰上還是熱辣辣的：「她……她誤會我了，我怎麼可能說這些輕薄的話呢?」

白愁飛笑道:「就算說了又如何?她那麼嬌美可人,不想起床,才不是男人。」

王小石著實吃了一大驚,老半天才說得出話來:「不過……我是沒有說這這這種話呀!」

「說了也沒啥大不了的,」白愁飛好整以暇的道:「大姑娘發發脾氣更沒啥大不了,怎麼,難道你光說說,又沒真的對她怎麼樣,她已動手打了人,她還要計較麼!放心,放心,入夜她沒處投宿,包準回來!」

王小石覺得很有些委屈,望著江心,愣愣地道:「希望沒把她氣走就好。」

白愁飛從旁觀察王小石,心中瞧出了幾分,道:「氣不走的,氣……」突然住口,用肘部頂了頂王小石的肩膀,王小石一愣,只聽白愁飛以嚴肅的語氣低聲說了一個字:「看!」

王小石遠遠看去,只見一班僕婢奶娘之類的人,簇擁著一個穿水蔥綠衫裙的女子,上了左近一艘華美的船舫。

王小石只看了一眼,忽然間,所有的人彷彿都瞧不見了。他只看見一個水綠衣飾的麗人，婀娜多姿的上了船，遠遠只依稀見著那女子修眉美目，姍姍毓秀，一動便是一種風姿，千動便是千種風姿，王小石就只看了一眼，心裡就覺得一陣牽痛，再看得那楊柳含煙、青山似黛的美景，在在都是這一見的風情。

那船上的櫓手已經開始把船撐開，泊到避風的塘口，尋覓了一處僻靜之處停舟，這幾下擺舷撐篙，船上七、八條大漢倒是吆喝連連，忙了個團團轉。

白愁飛道：「可看出來了？」

王小石喃喃地道：「想不到這世間，竟有這麼多個美麗女子，溫女俠是一位，這一位……啊！」

說到這裡，王小石才想起自己有點失態。

白愁飛忍俊不住，道：「嘿，你倒是會看，光看絕代佳人，不看——」語音一沉，神態又傲決了起來：

「我看，那一艘船，有些不對勁。」

王小石嚇了一驚，心裡有些擔心起那弱不禁風的女子來了：「怎麼？」又有些不相信，懷疑白愁飛是故作驚人之語。

白愁飛的一雙眼睛像鷗一般盯著停泊在不遠處的那艘華麗的船舫，彷彿他的眼光是兩柄能夠斷金碎石的利刃。「大凡在江上撐了幾年篙的人，篙落水上，不濺水花，掌櫓的人更不會不懂得借助水力，撐這種官船的人，更加是這行的老手，才敢領航。剛才這船上的幾個搖櫓撐篙的，一則雙目炯炯有神，臂肌賁凸，馬步沉凝，一看便知是會家子；二則是這干人不懂就應水勢，下篙濺起老高的水花，一望便知是生手；三則是這幾人皮膚太白，跟行船的日曬雨淋，完全不同，而且互換眼色，泊在僻處，必有圖謀。」

他一字一句的道：「看來，今晚，這船要遭殃了。」

王小石還在想著那風華絕代的女子，禁不住問道：「我們要不要過去示警……」

白愁飛臉上慢慢升起一種在深山裡、野狼在伏伺獵物的眼神，有力的道：「不！」

八　江上麗人

漢水漠漠，波平如鏡，船影山影燈影樹影，倒映江中。

卻沒有人影。

人大多已睡了。

只有三兩盞掛在高樓、淒涼的燈影。

兩岸燈火，寂寞淒寒，溫柔卻還是沒有回來。

遠處有人撒網，安寧如鼾息。

樓頭有人吹笛，伴著江月，寂照江心。

——溫柔，溫柔，妳去了哪裡？

王小石不禁有些擔心。

「我們要不動聲色。」在傍晚的時候，白愁飛跟他如是說：「我看這船的客人也有來頭，非同泛泛，不出今晚，這假扮船伕的準下手，咱們看定點才動手，說不定這些賊人是醉翁之意，難保不把我們鄰近幾條船的人，也打上主意呢！」

白愁飛主張守候。

王小石翻來覆去，也不知是在想些什麼，心裡在警惕著，始終不能入睡。

遠處傳來初更梆響。

忽然，船舷微微一沉。

王小石知道來了高手，翻身坐起。

一條人影，在窗邊疾閃而過。

王小石雙手已穿破窗簾，一手箍住來人的脖子，一手往他後腦一扳，那人「嚶」了一聲，正要掙扎，但王小石已扣住了她。

王小石觸手之處，只覺溫香軟玉，且有一股處子的甜香，手臂碰觸到那人胸脯，心神一震，不覺手肘一鬆，那人嗔叱道：「放手，死東西，放手！」

王小石一聽，大吃一驚，連忙鬆手，道：「怎麼是妳——」

那女子回過身來，本來緊綁著的黑髮嘩地散了開來，一張臉又喜又嗔，薄怒輕顰，好似一朵紫海棠一樣，可不是溫柔是誰？

王小石又驚又喜，溫柔卻快要哭了，跺腳又給他一巴掌。

王小石這次還是沒有避得開去。

這是他捱溫柔的第二記耳光。

溫柔見他傻愣愣的模樣，忍不住「噗哧」笑了出來。

如此江畔，夜色如醉，王小石看著她的笑意風情，竟似痴了；溫柔也似有所覺察，臉也熱燒燒的，幸好在月下，看不出她的臉紅；從來一個美麗女子的嬌羞，總是如此動人心弦。

兩人一時愣在船艙旁，都望著自己的腳尖。遠處有收網聲，隱約可辨網離水時魚在網上拍打的聲音。

就在這時，波平浪靜、安祥如夢的江上，傳來了第一聲慘呼。

◇◇◇

王小石第一件事就是找白愁飛。

白愁飛不在船上。

「糟了！」

溫柔急問：「什麼事？」

那條華麗的大船已傳來了打鬥聲。

王小石道：「來不及說了。我們先過去再說！」他和溫柔都不諳水性，只好從舟上躍上岸，再自岸堤繞撲過去，自岸板竄往大船。

王小石和溫柔掠近大船，只見船上飛出一個人，哎呀一聲落入江中，便沒再冒上來了。

王小石與溫柔正要掠入大船去，忽然又一人被踢飛出來，紮手紮腳跌入江心，似乎也在水裡掙扎了一下，便沒了聲音。

王小石跟溫柔一上船艙，一人又飛了出來，王小石一手接著，只見那人船伕打扮，眉心一方紫黑，五官溢血，已然斃命。

溫柔卻拔步入艙。

一人迎面而出，幾乎碰個滿懷。

溫柔立即拔刀。

那人卻一手按住她的刀柄。

溫柔的手正在刀柄上。

那人就抓著她的手。

溫柔感覺到一陣強烈的男子氣息，那是她並不陌生的。

只聽那人沉聲道：「妳不要拔刀，我殺性已起，我怕我會忍不住。」那人說著這話的時候，另一隻手仍制住一人，而今一甩手，把那被擒著的人摔出三丈，月下一映，只見又是一名船伕打扮的漢子，「嘩啦」一聲落入江流中！

王小石這時已竄入艙來。

他發覺有一個人緊貼著溫柔。

他立即便要出手。

他也不知道爲什麼：自己不認明了是敵是友，便想下殺手。這是他出道以來，幾乎從未發生過的事情。

他還沒有出招，那人便道：「你也來了，很好。」

王小石及時認出那人的聲音。

白愁飛。

王小石忽然覺得一陣傷心，一陣高興。

艙裡就在這時候亮起了燈火。

一人掌燈行了出來。

一盞琉璃色防風掩屏紗燈。

燈下的手。

燈下的柔荑，像蘭花的瓣兒，她就這樣一手掌著燈，一手掩著火，在柔黃的燈光吞吐映照中，竟是一個絕世的手勢，深刻難忘。

王小石看去，只見一個雲鬟散披，眼睛像秋水一般亮麗的女子，別具一番幽艷，別有一種銷魂。

她頸肩的衣裳敞開，卻披著白愁飛的錦袍，掩映著她水綠色的紗衣。她那一雙眼眸，比燈還燦亮，彷彿像一個深湖，浮漾著千種流雲的夢。王小石只看了那麼一眼，覺得他自己在夢裡，夢見了夢裡的人，醒來發現不必再夢，原來夢的夢裡不是夢，而是真有這樣柔艷的女子，掌燈照夢醒。

溫柔看見這個女子，被燈光一映，柔得像自己的名字。她自己在小的時候，曾夢想過自己長大後，是一個大家閨秀，小家碧玉，雲裳玉珮，惹人憐愛；但她越是長大，越是俊俏，卻是越愛飛騰，越是走英俠放任的路子。這樣一看，她覺得那是另一個自己，不過早已分道揚鑣，她是她，自己是自己，只有在遺憾的夢裡才相見。溫柔初見這女子，便覺得自己是白天，這女子才是晚上。

由是，溫柔、王小石、那女子都不禁問了一聲：「你是……？」

然後他們三人不約而同，都看向白愁飛。

白愁飛聳了聳肩道：「我也不知道。」他指了指倒在地上一個被制住穴道、手裡還執著刀的船伕，「或許，他會告訴咱們知道。」

◇

局面已被白愁飛控制。

他原跟王小石同在船上，只待一有風吹草動，他就立即有所行動。

可是，那艘船一直都沒有什麼異動。

初更剛響，白愁飛突然想起一件事，全身一震：不好了！船上沒有動靜，不代表裡面沒有發生事情，那些有所圖謀的人本身就潛伏在船上，而且又是老江湖，真要有歹意，絕對可以做到不驚動一草一木。

白愁飛當下也不喚王小石，已掠到岸上，再自岸上縱上大船。他一入船艙，鼻端沖聞到一股濃烈的血腥味，心中一沉，果然發現有幾名僕役，渾身浴血，竟是在睡夢中被人殺害的。

白愁飛暗恨自己遲來了一步，卻聽艙室內有一清脆如斷冰切雪的女音道：「你們要害的不過是我，殘害無辜算得上什麼英雄好漢？」

只聽一個聲音邪濁的嘻笑道：「我們不算英雄，也不想充英雄，七聖下的命令是截殺妳，不過如果妳聽大爺的話，卻可以只叫妳樂，不叫妳死。」

只聽那女子冷哼了一聲，然後是幾個人七嘴八舌夾著粗言穢語，以及一些驚叫慌惶的聲音。

白愁飛俯近窗前一看，只見裡面有六、七名大漢，正把三、四名女子圍了起來，狎笑謔弄，只有一名女子，穿著水綠薄紗寬袍，露出裹身深黛滾蝠花邊的一角褻衣，酥胸半露，膚若凝脂，匀柔光致，活色生香，使大漢們全看直了眼，但她緊抿著唇，雖然在睡夢中驚逢巨變，但見她寒著霜靨，凜然不懼。

只聽一名大漢笑嘻嘻的道：「七聖早已暗捎著『六分半堂』那姓趙的，姓趙的這幾日老纏著妳，不知要打什麼鬼主意，卻是鬼使神差，給鬼趕似的落荒而逃，不然的話，今晚這輪流穿靴兒的快活事兒，還真輪不到咱們呢！現在倒方便。妳就別想人來救妳啦！妳帶來的幾個不中用的傢伙，全吃了我們在晚飯上的加料，一個個睡得像豬，都給我不費吹灰之力送上了西天。」

那女子冷笑一聲：「『迷天七聖』名聞天下，他手下的弟兄卻幹這種見不得光的事兒。」

一人怪叫道：「哎呀！你瞧，這女娃子牙尖嘴利，居然數落起咱們來了。」

另一人則怪聲怪氣的道：「大小姐，我們都知道妳船上有幾個腳色很有兩下子，在江湖上叫得響字號，可是咱們比腦袋，不比力氣，妳既上了賊船，就怨不得賊奸。」

一個心急的盜匪叫道：「者老大，這女子我愈看愈愛，真是心也癢、手也癢、全身都發癢，你讓了給我先上，我記著你恩典。」

又有一人岔道：「你算老幾？下輩子才輪到你，要嘛！者老大先上，咱們按照輩份，一個個候著。」

那心急的漢子吼道：「那怎得了？這水滴滴粉揉成的大姑娘，輪不到幾口子就拉呼了，怎輪得到我？這樣子擺明了讓老子吃鱉，剛才見紅的時候，老子一刀一個，不在人後，而今就沒咱的事，這不是個鍾無艷麼？」

眾人都哄笑起來。一個說：「沒法啦，誰教你是老么？」一個道：「欺你又怎樣，剩一口氣讓你快活，你就當是在路上拾得個大元寶了；要是沒氣剩了，你也可以抱著幹一把獨自來勁！」

還有一人說：「這可不行。這娘兒越看越美，我金銀珠寶都不要，我寧只要她。」

另一人建議道：「不如我們自己來個大抓鬮，誰抽著，誰就獨佔，一塊雞腿，八個叫化，一人一口，什麼都不剩啦！不如讓各自碰碰運氣，這樣最公平。」

一人咕嚕道：「也好，萬一抽不著，也還有幾個丫頭，是雌兒總有個暖枕的。」

那老么附和道：「好啊！好啊！」

那姓者的卻道：「不行，要不按輩份，也得按排行，輩份排行都不按，咱們按年歲，誰年紀大，道行高，誰就拔頭籌。」

另一人卻振聲道：「爲啥要比大，不比年輕？」

原先建議要抽籤的那人又道：「不如讓大小姐自己選，選她貼心的，這樣誰都沒話說了。」

「照呀，照呀。」於是六、七個醜哈哈的大漢一簇擁向那女子，七嘴八舌的說：「小姐，你看誰好？」「我呀，我最有本領，牡丹樓裡的姑娘們都不捨得放我走開半步呢！」「別找小白臉喲，俺有良心的，俺最懂你的心。」

那女子水靈靈的眼珠往一群生得醜惡詭異的匪徒臉上一掃，那六、七名惡匪靈魂都飄飛了半天，女子道：「我最仰慕英雄，你們誰的功夫好，才是英雄。」

白愁飛在外面聽得心裡一聲喝采，沒想到這富貴人家的小姐，遇上絕境仍那麼鎮定應變。

那「老么」叫道：「好哇！比武就比武，老子也不怕……」

那者老大卻揚手就是一記耳刮子，罵道：「這女子居心忒毒！要咱們先來個窩裡反，你還跟著起哄！」

女子夷然一笑道：「什麼？窩裡反？我一介弱女子，隨行的人，不是死的便是不能動的，你們怕什麼？我見你們英雄，敬你們膽色，只想看看你們的本事，又不是要你們自相殘殺，要是你們害怕，當然也不必比了，誰是老大，誰就佔便宜。」

那剛才一再提議的漢子道：「有便宜不怕佔！去他娘的屎殼蛋，誰不敢比武，誰就站一邊。咱們拳頭上輸得，女人眼裡輸不得！」

大伙兒都跟著起哄，眼看就要動手。白愁飛暗忖：也好，且看這弱不禁風的女子，如何打發這一干有勇無謀，但殺人不眨眼的強盜。忽聽身旁有人低喝一聲：「誰！?」

白愁飛心裡叫了一聲：慚愧！他太專神於艙內的人，以致忘了身邊的事，叫人窺破，這對他而言，可以說是從未發生過的事。

那人喝了一聲，第二聲還未發話，白愁飛一個箭步，一指已扣在他喉頸上，「喀」的一聲，那人喉骨立時碎了，艙內五人闖出來的時候，只見一人身影噗通跌入江中。

這五人掠了出來，見同伴慘死，還未發聲，白愁飛一指已戳在另一人印堂上，那人慘呼一聲，便是王小石和溫柔所聽到的呼叫，等他倆掠上這艘大船時，那七人裡，已有五人死在白愁飛指下，屍身被踢落江中，一人被白愁飛所制。

剩下的一人，本來在船艙裡監守著那女子，外面戰鬥一起，這「老么」伸出脖子往船窗外張望，女子忽「哎」一聲，「老么」想過去挾持，頭還未縮回窗裡，女子把竹簾子一扯，罩落在「老么」頭上，在「老么」手忙腳亂的當兒，女子過去拔出袖裡的利刃，往「老么」心口就是一扎。

女子一刀得手，臉色發白，撫著心口，退了幾步。

「老么」哎喲一聲，竟喪身在一個不諳武功的女子刀下。

這時，白愁飛已抓住「者老大」，走進艙來。這時候，王小石和溫柔也掠了進來。

九 風色、月色、人影、舞影

船上的場面重新收拾。五個婢女老媼，死了一個，活著四個，全被嚇得六神無主。八名僕役護院，被下了迷藥，死了六人，只剩下兩名，用水潑臉，薑皮擦鼻，才徐徐甦醒過來。

倒是那位麗人，鎮定如恒，叫幾名婢女分別救人的救人，點燈的點燈，她先向白愁飛揖謝，再盈盈走入內房，換了一件橘黃色衫裙出來，請三人上座後，她坐在末首，要老媽子備宴酬謝白愁飛、王小石、溫柔三人。

白愁飛見她吩囑僕人收拾局面、處理死屍、備宴斟酒、打點一切、鎮定從容，剛才凶險惡絕的事，似乎未發生過一般，知道她器識手段過人，然而她又確不會武功；看她盈盈嬌態，弱不勝衣，眼眸烏靈如夢，眉宇間又有一股掩映的悒色，談吐得體，自蘊風情，而且還在笑盼間流露一抹稚氣，白愁飛和王小石越發認定她並非平常人家的女子。

那女子請教了姓名，便向三人謝道：「今晚要不是你們三位，小女子可不堪設想，唯求速死，這大恩大德，活命之情，小女子永誌不忘。」她話是向三人說，但在說話時盈盈的凝了白愁飛一眼。白愁飛覺得她眼裡氤氳著夢，深深的、黑黑的、柔柔的。

王小石笑道：「這可不是我們救的，我跟溫女俠誤打了一場，要不是白兄見機得早，恐怕……」他不像白愁飛曾在船艙外面看清楚裡面發生的事，所以到底情況如何，他也不甚明白，只知道一個女孩子，面對七名凶淫狠毒的強盜，情形當然是非常凶險。

白愁飛忽道：「這七人都是凶殘之徒，在各處姦淫燒殺，後聚嘯一起，投入『迷天七聖』的旗下，合稱爲『七煞』，這七人一齊向妳這條船下手，顯然早有預謀，卻不知爲了什麼緣故？」

那女子端然一笑，道：「這什麼『七煞』的，在恩公手下，都像不堪一擊的鼠輩。」

白愁飛自恃的一笑，道：「剛才我在窗外，聽他們說起，似乎跟『迷天七聖』和『六分半堂』都有關係。『迷天七聖』是一個神秘的幫派，自京城起家，爪牙伸佈各省，擁有相當不可忽視的勢力，『六分半堂』更是天下第一堂，連天子也得容讓他幾分，卻不知怎麼會跟這『七煞』扯上關係？」

女子柔笑道：「我對江湖上的事，懂得不算多。」她接下去卻語出驚人：「你何不找者天仇問問。」

王小石道：「誰是者天仇？」

白愁飛嘆道：「者天仇便是這被擒的匪首。」他補充一句：「我雖然知道他們叫『七煞』，但他們的名字，我一個都不曉得。」

王小石眼睛亮了：「我也不曉得。」

溫柔不明白這兩個男人的話是什麼意思，但她明白多知道一些事會受人尊敬，她說：「我倒是聽說過。」

白愁飛道：「哦？」

溫柔翹著紅唇，道：「者天仇是『七煞』之一。」

白愁飛問下去：「還有呢？」

溫柔心頭有點著慌：「他是個男人。」

白愁飛繼續問下去：「是麼？」

溫柔氣了，耍賴著說：「他是個十惡不赦的大混蛋！」

白愁飛仍然問道：「他犯過什麼事情啊？」

女子微哂著白愁飛，又笑看溫柔，忽然把話題接了過去：「像者天仇這種人，一般名門正派的女子，怎會把他幹過的無行惡事盡記在心?市井草莽，才會聽說過這些殘怖劣行。溫女俠不記詳細，反而顯出蘭心慧質。」

溫柔不加思索便道：「就是嘛！」對那女子嫣然一笑道：「妹妹妳也算有點見識，叫什麼名字啊？」

女子斂衽道：「我姓田，叫田純。」

溫柔道：「哦，叫田田純，好好玩。」

女子搖手柔笑道：「不是，叫田純，姓田，名純。」

溫柔看到她燈影下那柔順而軟服的烏髮，像黑瀑也似的，跟黛眉和眸中的兩點漆黑，全烏黑得可以映照出燈火的容顏來，羨豔的說：「妳的頭髮好黑喔！」她卻沒有去說她像星子的眼睛。

田純笑了，她用像水蔥般的手指，抹了抹側髮，那姿態像一次美麗的墜瀑：「妹妹的笑靨像朵花。」

溫柔笑了笑，笑得直比衷心還要衷心：「妳說我像朵什麼花？」

田純的眼睛蘊著笑意去睞喜滋滋的溫柔，說：「像朵牽牛花。」

溫柔這次笑得吱吱咯咯的，一面笑呢呢的一面道：「妳笑我嘴巴大。」

「才不是呢！」田純道：「其實，所有好看的花，盛開的時候，跟妳都像。」

溫柔的話興子可全引開來了：「對啦！以前我家院子，種了很多很多的花，有……」忽聽白愁飛截斷道：「牽牛花，妳天花亂墜的說完了沒有？」

溫柔乍聽有人叫她做「牽牛花」，興奮多於一切，也忘了生氣，不過覺得白愁飛打斷了她的話興，禁不住要白他一眼。

白愁飛不理她，只向田純問道：「田姑娘，我想借妳這兒，審問一個人，如果妳看看不忍，我帶回我船上去審，也一樣方便。」

田純回過眸來，左頰染著燈色，幽艷兩個字迅即在白愁飛心坎裡撞擊了一下。

田純道：「方便的。」

白愁飛把者天仇揪了過來，手一放，者天仇便軟趴在地，溫柔瞪著眼道：「這就是窮凶極惡的『七煞』老大者天仇？」

白愁飛鐵青著臉色，冷冷沉沉地道：「他仍是無惡不作的者天仇，只不過是死了的者天仇。」他若有所思的道：「再凶惡的人，死了之後，還是一個對任何人都傷害不了的人。」

王小石看了地上的死人一眼，便道：「你沒有殺他？」

白愁飛道：「沒有。」

王小石道：「你封了他的穴道？」

白愁飛道：「所以他也殺不了自己。」

王小石一掀地上死者的眼皮，再撐開他的嘴看看，仔細瞧了瞧，說道：「他是中毒死的。」

白愁飛道：「或許他牙縫裡早就含了毒藥。」

溫柔顯然不喜歡看到這個死人：「難看死了。」

田純道：「或許者天仇不想被逼透露些什麼，見被白大俠擒住，便只好含毒自殺。」

白愁飛看了看地上的死人，雙眉一合又挑揚了開來，聳了聳肩道：「也只好作這樣的解釋了。」

者天仇一死，線索便告中斷，白愁飛聽趙鐵冷說過，本來還有一件大事要辦，卻不知是不是此事？這跟田純又有什麼關係？趙鐵冷既負傷而去，「迷天七聖」因何又派手下來劫田純？這都是爲了什麼？

於是四人交談了起來，這才知道田純是京裡一個官宦的千金，這次探親歸返，便遇上這樣的事情。王小石和白愁飛知道「金風細雨樓」和「六分半堂」爲了鞏固勢力，不惜與朝臣命官朋黨勾結，看來田純可能也是被意外捲入，而且連京城裡的「第三勢力」：「迷天七聖」也似有意插手此事。

京城裡可熱鬧了！

四人談了兩個更次，可是相見恨晚，十分投契，田純正好也要返京，她身邊連折損了數人，爲免麻煩，大家都反對報官，溫柔建議不如結伴同行，一路上她也可以保護田純。

田純很愛惜的看著興高采烈的溫柔，笑著說：「好啊，一路上有妹妹的保護，做姊姊的倒可橫行無忌了。」

溫柔站過去，讓田純的烏髮挨著自己的身子，她掬起一把柔髮，傲孜孜地道：「這一路妳有我，啥都不用怕！」

王小石看見田純柔艷的笑意，巧巧的秀頷笑的時候，帶著一抹稚氣，跟溫柔嬌麗中帶出英氣，恰好成了花好月圓、高山流水似的一對兒，相映自得意趣。他這樣看著，心意也溫柔了起來。

田純用眼梢瞥了白愁飛一下，向王小石笑道：「不知道一路上會不會煩擾了兩位？」

王小石微微笑著：「結伴而行，求之不得。」說罷，轉首去看白愁飛。

白愁飛卻踱到船頭去看月亮。

江心月明。

江水滔滔。

快天亮的時候，王小石和白愁飛都過對船去歇息。溫柔則留在大船上甜甜的睡著了。田純卻不帶一點聲息的站了起來，在梳妝台前，撫著銅鏡，照出一個像幽魂狐仙般的臉蛋兒。

這幽艷的臉靨卻沒有笑容。她端正、嚴肅地，甚至略帶一些緊張的，把髮上一支跟頭髮完全同色的黑夾子卸了下來。

她用纖秀的手指、指上細長的指甲，輕輕地剔著那一枚「髮夾」。

「髮夾」一邊是鈍的，一邊卻是尖的。

針尖在燈下閃著淡藍，偶爾在燈光反射下，濛出一片疑真似幻七色的異彩。

她又擷下雲髻上的一枝金釵，旋開釵頭，把這支曾經神不知、鬼不覺的往者天仇腦後戳了一下的藍彩夾針，小心翼翼的塞入釵心裡。然後才又照了照鏡子，團團浮現了一個謎樣的笑容。

她肯定一件事：除非是把者天仇的頭髮全部剃光，詳加檢查，否則，誰也不可能找到那一個極細極小的針孔。她可以放心了。

然後她踱出艙外。

蘆葦尚未全白，野鴨棲宿之處有靜靜的拍水聲。

月亮清明得像照明世間所有的事。

所有的事：

包括她的衣服、她的臉、她的心。

◇◇◇

他們在同一條船上，結伴而行，在一起吃，在一起喝，在一起笑，在一起鬧，在一起談江湖上快意長弓的傳說，在一起談武林中莫可奈何的故事。

白愁飛似乎沒有先前那麼傲慢，一如他自己說的：「一個人多笑笑，便傲慢不起來了。」可能是因爲這幾日來他笑多了一些。

田純卻更柔艷了。有時候她跟這些新相知鬧得就像個小女俠，她能喝，白愁飛和王小石都喝不過她，她也可以擲骰子，豪氣得像個賭坊的小老闆娘。

不過大多數時候，她只是在一旁，亮著水靈水靈的眼，在巧巧倩倩的笑著。

有時候在笑看溫柔。溫柔常帶著少女的嬌憨，鬧得像一尾愛笑而易受傷的魚。

王小石呢？

王小石在默默的看著這一切。

他真誠的投入，真摯的交往，但也忽然覺得：這一趟江湖行，他彷彿已捉到了真諦，幾個宗師在年少時，在明月清風、江上舟中、會過聚過，不管他年是不是相濡以沫、相依爲命，還是相忘於江湖、不見於天地之悠悠，但總是在一起過、開心過、熱鬧過、沒有隔礙的度過了一段時日。

有一天晚上，江月依舊照在波心，照在人臉。溫柔笑道：「到了京城，你們要幹什麼？」

大家都沒有說話。

溫柔又來指定對象。

「你先說。」她指著王小石。

王小石微含笑意：「去碰碰運氣。」

白愁飛仰首望月：「去闖一番志業。」

田純忽然幽幽的道：「是非要有一番功名事業不可嗎？」

白愁飛斷然道：「男兒不能開萬世功業、名揚天下，活來有什麼意思？」

田純有些惶措的抬頭，有些纖痛的問：「活得快樂、平安，那不是很好嗎？」

「那是沒志氣的想望。」白愁飛負手昂然道：「我不是。在我而言，平靜是痛苦的，漁樵耕讀，不如一瞑不視，何必渾渾噩噩度日子！」

王小石卻說：「我只要試一試，是不是一定有千秋名、萬世功，我不在乎，不過，不試一試就放棄，總有些憾恨。妳呢？妳去京城幹什麼？」

「我？」田純純的一笑：「我不是赴京，我只是回家。」她閃著眼睛、像星星從漆黑的蒼穹掉落在她眼裡，「回家就是我的心願。妹妹妳呢？」

溫柔想了想，忽然有點扭捏起來，竟臉紅了。

「嫁人？」田純調笑道。

溫柔嗔道：「妳呀，妳才是想瘋了。」

田純又說：「哦，你這輩子不嫁人？」

溫柔赧赧的道：「我先找到師兄再說。」

想起溫柔有個名滿天下的師哥蘇夢枕，王小石覺得後頸有點癢，白愁飛也覺得有些訕然，於是他道：「田姑娘，面對如此美景良辰，彈首曲子好不好？」

田純側了側頭，笑問：「你怎麼知道我會彈琴？」

白愁飛道：「這樣美極麗極的手指，不會彈琴才怪！」

田純道：「誰說的，我這十指還會殺人呢！」說著盈盈地起身，白愁飛仍笑著調侃說：「我信，我信！」

田純取了一架燒焦了一般的古琴，錚琮錚琮的撫了幾下弦韻，王小石脫口道：「好琴！」

田純巧巧一笑，流水似的琴音，自十指揮捺下嬝嬝而出，像江山歲月、漫漫人生、悠悠長路、蕩蕩版圖。

白愁飛忍不住低喚了一聲：「好指法！」

王小石一時興起，自腰間掏出一管瀟湘竹簫，幽幽的吹奏了起來，和著琴韻，伴奏了起來。

白愁飛忍不住舞了起來。

在月光下，他衣袂飄飛，直欲乘風歸去，唱著一首乍聽琴韻簫聲便諳的曲子，隨譜的詞隨風而逝。

就在這樣的江上、月下、風中、船裡，一簫一琴酣歌舞，興盡意猶，一曲既罷，三人相視一笑，溫柔飲恨似的說：「可惜我不會跳舞奏樂，什麼都不會，姊姊你真行。」

田純安慰她：「妳可以唱歌啊！」

溫柔嘟著紅唇道：「不行，少時在家裡，我張喉嚨才唱了兩句，籠裡的百靈鳥都病了兩天，我要是一開金口這麼一唱，你們不只琴彈不下去，簫也吹不下去了，連跳舞的一定也都跳到河裡去了。」

她這樣一說，把大家都逗得笑了起來。

這一晚的風色、月色、歌聲和舞影，開心與歡顏，都留下不盡的風情。

第二天，白愁飛和王小石從他們的船裡走上這停泊在岸邊的大船時，發現船上的婢僕箱子全都不見了，只剩下仍在羅帳裡恬睡的溫柔。

田純也不見了。

只留下一張恰似有淚痕的素箋。

箋上不留片言隻字。

十 人・魚

如果習慣四個人在一起了，有一天，忽然少掉了一個人，會有什麼感覺？

別說是一個人，就算是一只戒指，初初戴上去的時候，總會有些不習慣，可是一旦成爲習慣了的時候，再把它除下來，就會覺得像失去了什麼似的。

更何況那不是戒指。

那是一個女子。

一個天真稚氣、溫柔多才、而且還會臉紅、有點焦躁的女孩子。

有一天她走了，連半句話兒也不留。

剩下的三個人，有什麼感受？

溫柔氣得不住咕噥罵著：「田純這算什麼了？招呼也不打，就影兒都沒了？她怎麼能這樣子？她怎麼能這樣子！」

王小石心裡也難受，只道：「也許她有事吧！也許她是有苦衷吧！其實，咱們也不趕路，有事可以大家一起辦，有苦衷也可以言明，不過，」王小石一面替她解釋，一面又駁斥了可以原諒她的理由，但還是忍不住替她找藉口：「有些事，恐怕人多反而不便，既然有苦衷，又怎能告予人知呢！」

他很快的發現白愁飛並沒有搭腔，而且是陰沉著臉，在靜泊的江邊垂釣。

王小石也向船伕借了魚桿、魚絲、魚鉤、魚簍，坐在白愁飛身旁釣魚。

溫柔才沒有那麼好心思。

她到岸上逛市集看熱鬧去了。

良久，白愁飛沒有釣著魚，王小石的魚桿也未曾動過。

白愁飛沒有說話。

王小石也沒有說話。

他只是陪他釣魚。

岸上人來人往，熙熙攘攘，熱鬧非凡，兩人卻只靜靜坐在堤邊，垂著長絲。

岸上綠柳，隨風搖曳，垂拂波心，遠處翠峰巒疊，白塔映江，皚雲藍天，晨光如畫。

兩人始終都沒有說話。

到了晌午，溫柔拎了東一包、西一堆的好玩事物，興高采烈的回來，便要催船開航了。

王小石說：「不再等一會嗎？」

白愁飛頭也不回，只說：「不等。」日頭照在他的華衣上，卻有一種寂靜的感覺。

三人在船艙裡用膳，有一碟是糖醋鯉魚，溫柔嘴饞動著，笑問：「我猜是哪一個釣的？」她用筷子指著王小石：「你！」王小石搖頭。她垂眸側顧，眼珠兒一轉，又指著白愁飛：「一定是你！」白愁飛自是不答理。

溫柔氣得「啪」的放下筷子，呶著嘴懊惱道：「兩個都不是，難道是魚兒自己跳上岸來，自行炒成一碟不成！」

王小石迅目瞥了白愁飛一眼，向溫柔道：「不是我，也不是他，是向船家買的。」

溫柔這才想通了，不解的道：「咦？怎麼你們釣了半天，什麼都沒釣著？」說罷就逕自吃得津津有味。

白愁飛呷了一小口酒，迴目問王小石：「怎麼你也沒釣著？」

王小石反問：「你呢？」

白愁飛道：「我的魚鉤沒下餌，餌不足取，魚是不會上鉤的。」

王小石道：「我不是去釣魚的。」

白愁飛道：「不去釣魚，難道去被魚釣？」

王小石笑了：「我只是去看魚的。」他說：「魚在水裡，悠遊自在，何苦要釣牠上來？我們又不是非吃牠不可，如果水裡游的是人，下釣的是魚，那又如何？」

白愁飛道：「但現在明明我們是人，牠們是魚。這世上的人一生下來就分有貧賤、富貴，也分聰明、愚笨，有幸與不幸，到日後弱爲強欺，理所必然，如果魚是人，人是魚，魚也一樣把人釣上來。既然你我不是魚，魚就該當遭殃，世事大都如是。」

王小石望著岸上綠女紅男穿梭紛忙，搖首道：「我們不是魚？天公不正養了一大缸魚，只看幾時要抓一尾上來蒸的烹的煮的罷了！」

白愁飛冷哼一聲，道：「可是我既下了釣，就要釣到魚兒；如果被魚拖下了水，或反被魚釣了，那不是因爲我的手不夠穩，我的餌不夠瞧，而是因爲我本來誠意，不想釣牠，反給牠溜了。」

話未說完，溫柔已挾了一個大魚頭在他碗裡。

溫柔笑道：「你們人啊魚的，不知是不是在堤上釣魚閃了魚仙，迷了魚美人！來啊，先把魚頭吃了再說吧！」

白愁飛望向碗裡，只見碗沿擱著的魚頭，正以死灰色眼珠瞪著他。

◇◇◇

離京城較近，眾人上了岸，打算由陸路走，三人以兩百七十兩銀子，買下了三匹腳程有力的良駿，都是白愁飛付的銀子。王小石過去牽馬，溫柔向白愁飛道：「不如雇轎子吧，大熱頭的天，這樣趕路，敢情把人曬得皮焦唇裂。」

白愁飛沒有好氣道：「妳肉嫩，自己去雇吧！江湖風霜可不是讓妳這種大小姐尋樂子的！」

溫柔睜著一雙美目，嗔道：「你們兩個大男人，難道就這樣狠心的讓一個女孩子被風吹、日曬、雨淋、塵染嗎？」

白愁飛愛理不理地說：「像妳打扮成這樣男不男，女不女的，只在有便宜時就當女的，有快活時便充男的，還要我把妳看作身嬌體貴的大姑娘不成！」

溫柔連吃了兩次釘子，不由得她不惱：「你這算怎麼回事？幾天來，黑臉玄檀似的，誰得罪你了？告訴你，本姑娘可不是慣受氣的，也不慣讓人出氣的！」

白愁飛冷笑道：「我也不慣服侍大小姐的。妳愛怎麼辦，就怎麼辦，我們可要在馬上趕程。」

溫柔一聽更氣，心頭就越發覺得委屈：「你不服侍大小姐，就光服侍田小姑娘？人家隻字不留就走，難為你還又歌又舞的，姑娘可不領情，你就黑了幾天嘴臉，要真的有種，跳下河去尋個痛快不好，何必在我面前充字號，稱男兒本色！」

她這一番話，說得白愁飛按捺不住，正刺中他的傷口，於是大聲道：「我服侍誰，我高興，妳管不著！王小石留妳，我可沒留妳，妳大可以痴纏著他，天涯海角跟去，跟我可毫不相干！」

溫柔也被刺得好傷，簡直是被刺著了骨髓，氣得一張臉都紅了，恨恨的道：

「你好，姓白的，你得意！我就一個人走，咱們京城裡見！」

白愁飛袖手啞然道：「好啊，請便，我就不送了，小石頭正好回來，要不要扯他一道？」

溫柔氣得噙著眼淚，一竄身，就上了馬，把韁繩搶在手裡，打馬而去。王小石不明究裡，愣立當堂，望著那遠去的動影出神。

隔了好半晌，白愁飛才向王小石歉然道：「小石頭，這事都是我不好，把她給氣走了。」

王小石有點失魂落魄地道：「她——她還會回來麼？她獨自去京城麼？」

白愁飛喃喃地道：「——我不知道。」

◇◇◇

王小石以為溫柔也會像上次在漢水旁一般，終會悄悄的回來。

可是沒有。

溫柔再也沒有回轉。

他沒有馬上出發，多等了兩天，結果還是一樣。

◇◇◇

白愁飛只好和王小石並騎赴京。

◇◇◇

在京城，有一切好玩的事物，有任何可能的機會，有千金一擲的豪賭，有一笑傾城的美人，有僅在幻想中出現的一面，也有令人完全想像不到的一面。

在這大城市裡，也是活力的源泉、暮氣的蒸籠，既是功名的溫床，也是罪惡的深淵；是英雄得志之地，名士得意之所，亦是志士頹靡之處，好漢落魄的地方。

自古以來，多少英雄好漢，文人異士，來到此地，想一朝成名，一展身手，以圖平步青雲，衣錦榮歸，但總是成功者少，失敗者多。

也許就是因為這樣，成功才顯得特別可貴。

也就是因爲這樣，各地精英雲集在京城裡，要嶄露頭腳，除了過人之能，還要看時勢，要靠運氣。

所有的英雄，都因時勢而成的。天下最不可爲者，莫過於逆勢而行。逆勢逆時，往往不只是事倍功半，而是徒勞無功。逆勢寸步難行，但天下最微妙者，也莫過於勢。一般人以爲是逆者，你只要先行一步，待大勢突變，你就變成先知先覺，獨占鰲頭了；許多人往順勢處一窩蜂的鑽營，到頭來時勢忽易，反落得一場空。

誰知道時勢今天趨向哪一邊？明日又站在哪一面？

誰知道今天走的一步，看來是絕路，但在十七、八步後，忽然成了一條活路？

誰知道自己今天走的是死路、還是活路？

誰能確知明天的成敗？

◇◇◇

白愁飛不知道。

王小石也不知道。

所以，他們到了城裡半年，仍然不得志。

世間有許多事情，縱再聰明絕頂的人，也得要時間的摸索，經驗的累積，成敗的教訓，才會有柳暗花明、遊刃有餘的一天。

白愁飛和王小石是能人。

一個能人總有出頭的一日。「能人」本身就包括了在不可能的情形下有能爲，可是，「能人」也一樣可能被忽略、被蒙塵、不被重視，也一樣要度過歷劫受艱、懷才不遇的過程。

他們是有一身本領，但來到這個陌生的大地方，總不能靠殺人而揚名；如果他們這樣做，除了被衙差追捕，甚至引致宮廷內的高手追緝之外，一無好處。他們知道城裡的「六分半堂」和「金風細雨樓」，無時無刻不在明爭暗鬥，但那是另一個世界，和他們兩人無關。

他們雖然並不得志，但兩人在一起，一起渡過許多風和雨，成了知交。

知交是什麼？知交是在憂患時讓你快樂起來，而在你冷時送炭、天熱時送雪，有時也會在錦繡裡添幾朵花的人，但絕不會送錯。雪中送炭固然重要，但錦上添花也十分必要。

知交也從不會要求對方付出什麼。

因爲只要對方是知交，便根本不會作出要求，不必作出要求。

王小石和白愁飛一起來到了京城，一齊被這地方的人排斥，一齊逐漸熟悉了這個地方，一起潦倒失意，一起醉倒街頭……

他們也一起獲取了不少經驗，認識了不少人。

直至白愁飛手上的銀子，快要用完……

直至一個雨天——

◇◇◇

這樣的一個下雨天。

白愁飛剛在市集攤子上賣了幾幅字畫。他寫得一手好字，也畫得極具氣派，但他就是沒有名氣。

沒有名氣，字畫就得賤價出售。

要活下去，就得要錢，白愁飛寧可賣畫，也不屑再去做那些不必本錢的買賣。

他在返回「大光明棧」之前，先兜去「回春堂」裡看看王小石。

王小石在「回春堂」裡當藥師，「回春堂」是老字號的藥局，他偶爾也替人接骨療傷，甚有神效，在這方面，倒頗受藥局東主的賞識。對王小石而言，這也是一種「賣藝」，但總比「賣劍」的好。

白愁飛挾著幾卷字畫，折到「回春堂」時，王小石也正好要休歇了，兩人如往常一般，要走到「一得居」去叫幾碟小菜，加上一壺酒，談文論武說天下，這是他們來到京城之後，最快活自在的時候。

可是，在他們兩人會合了之後，雨就開始下了起來。

開始只是一滴、兩滴、三滴，後來是密集了起來，天灰黯得像罩下了羅網，連飛鳥也悽惶莫已，路上行人紛紛抱頭鼠竄，王小石和白愁飛知道雨要下大了，「一得居」又在長同子集那兒，這地頭只是苦水鋪，全是貧民寒窟，沒處躲雨。

兩人用袖遮著，竄入一處似被火燒過的殘垣裡，那地方雖佈滿殘磚朽木，雜草叢生，但還有幾片罩頂瓦蓋，未曾塌落，還可以作暫時避雨之地。

兩人狼狽的掠入這片廢墟子裡，匆忙的抹去髮襟上的水漬，更怕沾浸了字畫，白愁飛解下巾帕，抹乾水跡，王小石也過來幫忙，墟外的雨下得越發滂沱，墟內越發灰暗，兩人心裡都掠過一種慘淡、失落的感覺。

——大概這就是失意的心情吧！

——兩人竟為了幾幅可換取蠅頭小利的字畫，如此緊張！

兩人都同時感覺到對方所思，苦笑了起來。

這種笑意其實並不十分苦澀，只是十分無奈。

英雄落難時，最不喜歡談落難，這跟凡人稍遇挫折，就埋怨個沒完是不一樣的。

所以他們只好找話說。

王小石抹去髮上的水珠，笑道：「這雨，下得真大啊！」

白愁飛伸長脖子張望天色：「這雨可得要下一陣子——」忽然看見四個人，冒雨跑了進來。

經過這廢墟前的一條小路，一旁盡是枯竹葦塘，另一旁則是民宅破居，這小路卻有個好聽的名字，叫做「將軍胡同」，這四人便是從牆角旁閃竄出來的。

由於躲雨之故，行色匆匆，白愁飛也不覺詫異。

四人進入廢墟裡，兩人留在入口處探看，兩人走了進來。

進來的兩人中，有一個甚是高大、威猛、相貌堂堂，精光矍矍的眸子往王小石和白愁飛橫掃了一眼。

另一人忽然咳嗽了起來。

咳得很劇烈。

他用手帕捂住嘴唇，嗆咳得腰也彎了，整個人都像龜一般縮了起來，連聽到他咳聲的人都爲他感到斷腸裂肺的艱苦。

那高大威猛的人想過去替他揩抹淋濕了的衣髮。

咳嗽的青年搖首。

他手上的白巾已沾上觸目的一染紅，而他雙眸像餘燼裡的兩朵寒焰。

王小石向白愁飛低聲道：「他的病害得可不輕。」

白愁飛道：「我們也快害病了。」

王小石問：「什麼病？」

白愁飛道：「窮病。」

兩人都笑了起來。

白愁飛道：「難怪有人說窮會窮死人，再這樣窮下去，別的不說，志氣便先被消磨掉了。」

王小石道：「人說京城裡臥虎藏龍，看來，很多虎都只能臥，許多龍仍在藏……」

這時候，那青年咳嗽聲已經停了，只是胸膛仍起伏不已，一步挨一步的走到王小石和白愁飛身邊，三人橫一字平排似的，都在茫然地看著外面交織成一片灰濛濛的雨網。

雨仍下著。

下得好大。

好大。

十一　雨中廢墟裏的人

白愁飛望著雨絲，牽動了愁懷，喃喃自語地道：「好大的雨。」

王小石在旁不經意的搭腔道：「雨下得好大。」

那病懨懨的公子居然也湊上了一腳，凝望著在簷前掛落眼前的雨線，道：「真是場大雨。」三人都同是在說雨，不禁相視莞爾。外面盡是雨聲。一位老婆婆，衣衫襤褸，白髮滿頭，蹲在牆角，瑟瑟縮縮的大概在拾掇些別人廢棄的破罐爛毯。

一面崩敗塌落的牆垣上，經過一隻螞蟻，那高大堂皇的漢子看牠足足爬了半天，被外面颳進來的風吹著了又停，被外頭捲進來的雨濺到也停，忍不住伸出食指，想把牠一指捺死。

那病容滿臉的公子忽道：「茶花，你等不耐煩，也不必殺死牠；牠既沒犯著你，又沒擋著你，牠也不過同在世間求生求活，何苦要殺牠？」

那高大威猛的人立即垂下了手，道：「是，公子。」

那公子其實年紀不大，臉上卻出現一種似大人觀察小孩子時候的有趣表情，問：「你怕花無錯找不到古董？」

那高大威猛的人不安的道：「我怕他會出事。」

臉有病容的公子望向被雨絲塗得一片黯灰的景物，雙目又沁出了寒火：「花無錯一向都很能幹，他不會讓我失望的。」

那瘦骨伶仃的老婆婆，可能是因爲天氣轉寒更逢秋雨之故吧！全身咯咯的打著顫，披在身上的破毯也不住簌抖著。那公子道：「沃夫子。」

那兩名在近階前看雨的漢子中，其中一名賬房先生模樣的人即應道：「是。」

病公子道：「那婆婆忒也可憐。」

沃夫子即行過去，掏出兩錠銀子，要交給那悽慘的婆婆。老婆婆大概畢生也不曾夢想過有這樣的施捨，整個人都愣住了。

這時候，忽聽剩下一名在簷前看雨的漢子低低喚了一聲：「公子。」

喜色在病公子臉上一閃而沒：「來了？」

這漢子轉過臉來，只見他半邊臉黝黑，半邊臉白嫩，向病公子身後的殘垣一指，「花無錯來了，他背上還揹了一個人。」

王小石和白愁飛都微微吃了一驚。

原來這漢子不是「看見」有人來了，而是「聽出」背後有人走近；在這滂沱大雨裡，來者又步伐奇輕，連白愁飛和王小石都不曾聽出有人逼近。

茶花也循這漢子指處望去，也高興的道：「花無錯揹的是古董，古董給他擒住了。」

病公子微微地笑著。

王小石和白愁飛相覷一眼：原來古董不是古董，而是人。

◇◇◇

花無錯揹著一個人，在雨裡像一支破雨裂網的箭，俯首就衝進廢墟來了。

他一來就向病公子跪稟：「屬下花無錯，向樓主叩安。」

病公子淡淡地道：「我已經一再吩咐過，這種虛禮，誰也不要再行，你要是心裡尊重，便不必在口頭上奉承，樓子裡全以平輩相稱，更何況還在敵人重地！你難道忘了嗎？」

花無錯道：「是！公子。」

白愁飛和王小石驚駭更甚。

原來眼前這個滿臉病容、嗆咳不已、瘦骨嶙峋、神色卻森寒冷傲的人，竟然就是名動天下的「金風細雨樓」樓主：

蘇夢枕！

——沒想到卻在一個雨中廢墟裡，遇上了這武林中的傳奇到了神奇的人物。

只聽蘇夢枕又問：「事情辦得怎樣了？」

花無錯道：「古董已經押來了。」

「很好，」蘇夢枕道：「弄醒他。」

花無錯雙手疾戳，在那被擒者的背上點了幾下，又迎臉摑他四、五記耳光，茶花在簷下水畦舀一把水，「霍」地潑在他的臉上。

那人悠悠轉醒。

蘇夢枕冷冷地瞧著他醒轉。

那人一睜眼，看見面前站的是蘇夢枕，震了一震，失聲道：「蘇……公子！」

蘇夢枕側首看進了他的眸子裡：「古董，你果然有膽色，可惜沒有義氣。」

古董猛地搖頭，苦笑著說：「公子明鑒，公子一向對下屬行止瞭如指掌，公子身邊的六大親信裡，要算我的膽量最不行！」

「你不行麼？」蘇夢枕神色裡隱帶一種鬱躁的寒傲，就像冰裡的寒火一樣，「你行的。就算是現在，你眼色裡也沒有真正的懼意。我倒一向看走了眼了。」

古董只一味的道：「公子明鑒，公子明鑒。」

王小石向白愁飛低聲道：「那是他們『金風細雨樓』內的糾葛，我們還是避一避的好。」

白愁飛冷然道：「外面正在下雨。」

王小石踟躕了一下，白愁飛道：「汴京城裡也不盡是他們的天下。」他停了一停又道：「我們腳下佔的位子也絕不算多。」

這一句話倒提醒了王小石。王小石壓低聲音道：「這苦水鋪倒一向是『六分半堂』的重地，蘇公子在此處拿人，可以算是身入虎穴。」

白愁飛點頭道：「連『金風細雨樓』的樓主都親自出動，絕不會是小事。」

只聽蘇夢枕沉聲道：「現在，沃夫子、師無愧、茶花、花無錯和你，只差了一個楊無邪，五個人會齊來了，你來告訴我，我一向待你不薄，因何你臉也不翻就將六個分舵四百多人，全骨頭不剩的賣給了『六分半堂』？」

古董垂下了頭，說不出話來。

蘇夢枕道：「你說呀！」

茶花在一旁冷笑道：「你沒想到會給我們逮著吧！你以爲躲在『苦水鋪』裡，就可以縮著頭享盡富貴榮華？你既能把樓裡千多人變成孤兒寡婦，你就算躲到天涯海角，我們也會把你揪出來！」

蘇夢枕道：「要不是花無錯，我們也不知道『六分半堂』在『苦水鋪』的實力，近半月來已轉移陣地，駐在『破板門』那地帶。這次我們幾個一起共過患難、創幫立道的人，一同出來，爲的只是問你一句：你爲何要這樣做!?」末一句如同霹靂雷霆。

古董的身子震了一震，嘴裡嗡了一嗡；那陰陽臉的漢子仍守著階前，沃夫子則在老太婆身前，等於盯在王小石和白愁飛的身後，以防這兩個不知來路的人猝起發難。

茶花叱道：「說！」

他氣唬唬的又道：「你說！你怎麼對得起公子，對得起咱們！」

古董驀地抬起頭來，反問：「你真的要我說？」

茶花怒笑道：「我看你還有什麼話說！」

古董毅然道：「好，我說！」

他一口氣把話說完：「你們就壞在要我說這一節上。」

他這句話一說完，場中便起了驚天動地的變化。

這變化之鉅，連白愁飛和王小石在旁，也完全被震住。

◇◇◇

古董倏地彈了起來。

看他本來的樣子，身上至少還有四、五處穴道被封閉，但他這一彈而起，卻是蓄勢已久。

他手中亮出一柄青刃。

青刃閃電般沒入茶花的腹中。

這青刃是由下搠上的。

茶花臉上的表情，正是心肺被割裂的痛楚。

同一霎間，蘇夢枕正想動手，花無錯已經動「手」。

他又一低首。

他背上至少有二十五種暗器，同時射向蘇夢枕，每一種暗器的尖端，都閃著汪藍，顯然是塗上奇毒的，而且全是勁弩機關所發射的，快、疾、準、毒，正是避無可避、閃無可閃！

蘇夢枕的心神，被古董的倏然出手，分了一分；而他的意志，正集中在救援茶花上——他的親信花無錯就在這一霎向他下了毒手。

蘇夢枕大叫一聲，他身上淡杏色的長袍，已在這電光石火間卸了下來，一捲一迴一兜一包，捲迴兜包四個動作同一霎間完成，漫天暗器全都隱沒不見。

只有一枚，像一粒綠豆般大小，釘在蘇夢枕的腿上。

沃夫子乍見情勢不妙，身形一動，正待往蘇夢枕那兒掠去！

那老婆婆卻陡然把身上的爛毯一揚，向沃夫子迎臉掃來！

——腥風撲臉！

沃夫子馬上警覺：這是祁連山豆子婆婆的「無命天衣」，沾上都難免全身潰爛而死，更何況是被當頭罩著？

「無命天衣」帶著勁風。

沃夫子就隨著急風飄起。

一飄，飄到樑上，再飄，飄向廢墟之上，再一掠疾下：他的目標仍然是先救援蘇公子，自身安危還在其次！

他的身形輕而快。

但有三枚暗器比他更輕而快！

沃夫子警覺得也快！

只不過他想要閃躲時，三枚無聲無息至無形的細針，已鑽入了他的背脊。

一幢殘牆磚飛土裂。

發針的人冒了出來，只見一個光頭和尚，左手托缽，頸掛念珠，右手發針，全身卻穿著極其講究的錦袍華衣！

這人原來一直就埋伏在牆裡。

這人匿伏在牆裡已不知有多少時候，爲的只是要發這三支比髮還細、比風還輕、比電還急、比雨還透明的針。

驟變迭生，一變再變。

沃夫子前掠的身子，突然擂了一擂，可是，他的勢子，並不因而稍減。他已掠到蘇夢枕身前，一揚手，跟花無錯對了一掌，花無錯大叫一聲，疾吐了一口血，急退。沃夫子回身又劈出一掌，古董雙掌接實，也喊了一聲，退飛丈外，口角溢血。

這時，那老婆婆已然追到，沃夫子又反身一掌，老婆婆舉臂一格，退了七、八步，仍把不住樁子，沃夫子仍想再劈，但悶哼一聲，身形一頓，眼角、鼻孔都已溢出棕黑色的血絲來。

豆子婆婆、花無錯、古董，才緩得一口氣，又向沃夫子逼來。

他們都知道，這是生死存亡的關頭，也是立絕世功名的時機。

誰都不願意放過。

而且誰都不能放過。

因爲箭已在弦上，不得不發。

——一旦發而不中，蘇夢枕一定會找他們算賬！

蘇夢枕猛掀開袍子下襬。

那綠豆般的小暗器驀然就嵌在他左腿上。

他想也不想，手中就多了一柄刀。

多麼美的刀。

像美麗女子的一聲輕吟，動魄動心。

刀鋒是透明的，刀身緋紅，像透明的玻璃鑲裹著緋紅色的骨脊，以至刀光漾映一片水紅。

刀略短，刀彎處如絕代佳人的纖腰，刀揮動時還帶著一種像音籟一般的淸吟，還掠起微微的香氣。

這是柄讓人一見鍾情的刀。

同時也令人一見難忘！

因爲蘇夢枕第一刀就砍向自己。

他剜去了被那顆「綠豆」沾上的地方和旁邊的一大塊肉。

他切下自己的一塊肉，猶如在樹上摘下一粒果子——傷處鮮血迸濺、血肉淋漓，一下子濕了衿襬，他卻連眉都不皺。

他的咳嗽，也神奇的消失了。

他左手使刀，剜去自己腿上一塊肉，右手已扣住了沃夫子的背門。

那柄奇異的刀，也突然紅了起來。

他右手像彈琴似的揮、點、戳、拍、推、拿、揉、捏，每一下俱絲毫不失。

他左手刀卻封殺了豆子婆婆、花無錯、古董的搶攻！

而且一刀就剁下了古董的頭！

◇◇◇

豆子婆婆和花無錯驚懼、急退。

花無錯眼見古董的頭顱飛了上來，還瞪著一對眼珠子，不禁撕心裂肺的狂喊：

「紅袖刀！」

——紅袖刀！

蘇夢枕右手仍在救護沃夫子，左手刀已先殺了一名勁敵，退了三名大敵！

這一刀砍下一名敵人首級之後，刀色更加深烈。

——這實在不知是柄神刀，還是魔刀？

——拿刀的人，也不知是個刀神，還是刀魔！

◇◇◇

沃夫子飛身營救蘇公子的同時，那華衣托缽的光頭和尚，也全身掠起，要攔截沃夫子。

但茶花截住了他。

茶花拔出了遞入他心臟的匕首，跟那和尚鬥在一起。

因為他只知道一件事：

只求蘇公子有機會喘息！

——只要讓蘇夢枕有機會喘一口氣，他就算死，也可以無憾！

不只是茶花有這樣的想法，沃夫子也是這般想法，連師無愧也是這種想法。

廢墟裡，蘇夢枕、沃夫子、茶花同時遭受華衣和尚、豆子婆婆、古董、花無錯的狙擊，然而在階前把守的，還有個陰陽臉的師無愧！

——可是，敵人既然要殺蘇夢枕，又怎會讓師無愧閒著！

幾乎是同一霎間，那苦水鋪的寒窟舊牆，全部倒塌下來：

至少有四百支勁弩一齊彎弓搭箭！

師無愧不能閃躲。

——他一躲開，這些箭就會射向蘇公子！

師無愧只有硬擋。

兩百多支箭齊發，他至少擋了一百八十支，他使的是一柄龍行大刀，大刀舞得虎虎作響，只見刀花不見人影，但他不能讓任何一箭射入墟內，所以還是中了兩箭！

第一輪箭剛射完，輪到第二排箭手發箭。

師無愧狂嚎一聲，一刀橫掃，把一大爿殘垣掃倒！

密雨、陰天，加上垣塌牆崩，箭手一時也拿捏不準，師無愧拖刀回援，一刀逼退華衣和尙，茶花已軟倒在他的懷裡。

茶花的一張臉，已變成慘綠色。

另一邊蘇夢枕一手使刀，已殺了一人，驚退二敵；另一掌內力源源逼出，只聽「波波」兩聲，沃夫子背部已有兩枚透明的針，逼跳出來，落在地上。

沃夫子哼了一聲，滿臉紅光，慘笑說：「公子，我不行了，我不及運功抵禦，其中一枚『化骨針』，已上了腦——」

這時華衣和尙、豆子婆婆、花無錯全都退去，那四百名箭手，已搶進墟內，團團包圍，即又分作兩排，一排疾蹲下去，另一排立即瞄準、即要發射！

十二　一個從來都不懷疑自己兄弟的人

「明槍易躲，暗箭難防。」

——其實明箭也不易擋。

像遇上這種團團包圍、訓練有素的箭手，等他們把筒裡的一百支箭發完時，包管就算是韋青青青復出，李柳趙再世，也一樣只有變成刺蝟，沒有辦法反擊。

第一排箭手已經發箭。

蘇夢枕突然做了一件事。

他抓起地上古董的屍首，往師無愧身前就一扔。

——此舉救了師無愧！

師無愧立時就以古董的屍首爲盾。

沃夫子卻大叫躍起，全身旋舞了起來。

他護在蘇夢枕的身後。

蘇夢枕只要搪開左右及前面射來的箭矢。

所以，這一輪箭之後，沃夫子「砰」地撞在地上，但並沒有倒下。

他已成個箭靶。

箭支頂著他的軀體，只斜挨著沒有仆倒。

師無愧又捱了兩箭。

茶花則著了四箭。

第二排箭手，又擬放箭。

——這些沒完的箭。

就像雨一般！

蘇夢枕眼裡終於流露出一種神色。

——英雄落難、窮途末路的神色。

◇◇◇

就在這個時候，整整齊齊的弓箭手，忽然像波分濤裂似的，逐個跌倒在地，未仆地不起的，忙掉頭應戰，但都如滾湯淋雪，當者披靡。

兩個年輕人竄高伏低，遇者當殃，不消一會，已倒下四、五十人，其他的箭手，發現包圍已不成包圍，又想到蘇夢枕的刀，全都嚇得丟弓棄箭，抱頭鼠竄。

——一群人的好處是在團結齊心的時候，足可眾志成城；但壞處是一旦各自爲政，就成了烏合之眾。

——只要有一人想開溜，人人都生逃命之意。

結果，除了倒下去的人外，有八成的箭手，都是不戰而去的。

當猝擊突然發生的時候，王小石和白愁飛已發現不對勁，一溜煙、一抹影似的逸出了廢墟。對方的主力都集中在蘇夢枕的身上，自沒功夫去理會他們。

當箭手包圍了廢墟的時候，白愁飛問王小石：「要不要出手？」

王小石道：「要。我看蘇公子的人挺正義的，對部下也好。你看呢？」

「這也是個晉身的好時機。」

「但你要答應我一件事。」

「說。」

「請儘量不要殺人。」

「可以。」白愁飛疾道：「我不是為了你要求，而是為了自己；我也不想『六分半堂』的人仇視我，更不想與雷損為敵。」

說到這裡，不過才幾句話，但幾句話的功夫，眼看蘇夢枕已難逃厄運，王小石和白愁飛立即出手！

他們自弓箭手的後方攻了過去，一上來就先聲奪人，制住了敵人的膽魄。

白愁飛運指如風，他是以指叩穴。

王小石是以手沿作刀，凡所砍處，不重不輕，只把人擊昏。

當兩人一出現，蘇夢枕眼裡的神色，又變得孤傲、冷傲，甚至是刺骨的寒傲。

他過去看沃夫子。

沃夫子滿身都是箭，成了箭靶子。

他再去看茶花。

茶花已經死了。

但一雙眼睛並沒有闔攏，他瞪著雙眼，充滿著不甘與憤憾。

蘇夢枕俯身說了一句話：

「我會替你報仇的。」

說得斬釘截鐵。

殘瓦上忽滴落一滴雨珠，正好落在茶花眼眉下、眼眶上，茶花的眼忽然闔了起來，神態也安祥多了，就像聽了蘇夢枕這一句話，他才死得瞑目似的。

◇◇◇

蘇夢枕緩緩站了起來。

這時候，王小石和白愁飛已穩住了大局，師無愧著了四箭，但沒有傷著要害，箭仍在肉裡，他並沒有把它拔出來。

他黑的一片臉更黑，白的一片臉更白。

蘇夢枕問他：「你爲什麼不拔箭？」

師無愧仍像標槍一般的悍立著：「現在還不是療傷的時候。」

蘇夢枕道：「很好！古董背叛了我們，賣了五百名弟兄，我叫花無錯去逮他回來，結果，我身邊六名好兄弟，只剩下你和楊無邪了。」他雙目中又發出寒火，「沃夫子和茶花的死，是因爲古董和花無錯。古董死了，花無錯也一樣得死。」

師無愧說：「是。」

王小石看著白愁飛。

白愁飛望望王小石。

白愁飛禁不住揚聲道：「喂，我們救了你，你也不謝我們一句？」

蘇夢枕淡淡地道：「我從來不在口頭上謝人的。」

王小石道：「那你也不問問我們的姓名？」

蘇夢枕道：「現在還不是問名道姓的時候。」

王小石奇道：「什麼時候才是時候？」

蘇夢枕一指地上躺著的沃夫子和茶花的屍首道：「待報了大仇，還有命活著回來的時候。」

白愁飛冷笑道：「報仇是你們的事。」

蘇夢枕道：「也是你們的事。」

白愁飛道：「我們跟他們兩人毫無交情。」

蘇夢枕道：「我跟你們也毫無交情。」

白愁飛道：「救你是一時興起，逢場作戲。」

蘇夢枕道：「這遊戲還沒有玩完。」

王小石詫問：「你以爲我們會跟你一起去『報仇』？」

蘇夢枕搖頭，道：「不是以爲，而是你們一定會去。」

王小石更是愕然。

白愁飛問：「你準備什麼時候去？」

蘇夢枕冷笑道：「什麼時候？當然是現在。」

「現在!?」

白愁飛和王小石全都嚇了一跳。他們是有眼睛的，自然看見蘇夢枕身上的傷，和身邊只剩下一名的手下。

王小石忍不住道：「可是……你只剩下一個受傷的弟兄。」

「我受傷，他受傷，其餘的，都死了，」蘇夢枕笑了一笑道：「我們都不能就這樣回去，還有什麼比這個更好的時機？」

他寒電似的雙目，向王小石和白愁飛各盯了一眼，兩人彷彿都感覺到一股澈骨的寒。「『六分半堂』的偷襲剛撤，不管他們是在慶功還是在佈置，我們這一下銜尾回襲，連樓裡的實力也不調派，他們絕料不及、意想不到。如待日後，他們必定保護花無錯，以他爲餌，誘我們來殺他，但我們現在就下手！」他臉上出現一種極度傲慢之色，「何況，戰可敗，士氣不可失，『六分半堂』毀掉了我四個人，我也要讓他感到如失右臂！」

然後他君臨天下的道：「無愧，準備好了沒有？」

師無愧即叱應了一聲道：「準備好了！」他身中四箭，還像個鐵將軍似的，橫刀而立，威風凜凜。

蘇夢枕道：「你說，『六分半堂』的人，會護著花無錯退去哪裡？」

師無愧道：「破板門。」

蘇夢枕道：「幾成把握？」

師無愧道：「六成。」

蘇夢枕道：「好，有六成把握的事，便可以幹了。」

白愁飛忽然道：「你現在就走？」

蘇夢枕笑了一笑，就像臉部肌肉抽搐了一下，道：「難道還等雨停？」

白愁飛道：「這一地上的人，只是受制，你若不把他們殺了，他們便會即刻通知防範。」

蘇夢枕傲然道：「我不殺他們。第一，我從不殺無名小卒、無力相抗的人。第二，如果我現在出發，他們再快，也快不過我的行動。第三，如果我要攻擊他們，根本就不怕他們有防備。我要攻擊的是整個『六分半堂』，不是任何一名弓箭手。」

王小石忽然道：「不好。」

蘇夢枕倒是愣了一愣，道：「什麼不好？」

王小石道：「這樣好玩的事，我不去不好！」他說著，把裹著劍鞘的布帛扯開，丟棄。

蘇夢枕雙目中的寒焰，也似暖了起來。

白愁飛一跺足，發出一聲浩嘆：「這樣有趣的事，又怎能沒有我？」他說這話的時候，把腋下的字畫棄之於地。

蘇夢枕眼中已有了笑意。

但很快的，他的眼裡又似這陰雨天氣一般森寒。

他一聳身，已掠入雨中。

師無愧緊躡而上。

「『六分半堂』總共有十二位堂主。霍董死於湖北之後，剩下十一名。剛才出手的是七堂主豆子婆婆和八堂主花衣和尚。這干弓箭手全都經過嚴格的訓練，十堂主『三箭將軍』料想必在。一向守著『破板門』地帶的，還有雷家子弟雷滾。」師無愧在一路上向王小石和白愁飛簡略說明敵人的情形，「這次雷損並沒有出手，想必是聽花無錯的走報，『金風細雨樓』的四大神煞裡的薛西神和莫北神會於『竹葦塘』，他大概要親自出動，除掉這兩個心腹大患，所以雙管齊下。」

王小石好奇，聽了便問：「那麼薛西神和莫北神豈不危險？」他想起了趙鐵冷那微妙的受傷。

「其實，這消息是假的，雷損只去撲一個空，搞不好還會踩上我們佈下的陷阱；」師無愧道：「樓裡有楊兄弟和郭東神佈置妥當，也不怕雷損派人掩撲。」

白愁飛即問：「既然你們一早就提防花無錯，為何又上了他的當？」

「我虛設這個消息，根本不是要訛花無錯的，我也不知道誰是『六分半堂』派來的臥底，誰是內奸，我只是把假消息放出去，直至赴苦水鋪之際，才告訴了同行的人，想必是花無錯爲了貪功，還是要行險一試，若雷損無功而返，而他們這一組人卻取了我們的性命，豈不更見高明！」他冷笑一下，道：「其實，就算他今天能殺了我，他這種作爲，雷損也不會容他的。雷損是何等人！」

雨浸濕了他那一雙詭異的鬼眉，眼中的寒火卻未被淋熄：「我從來都不曾懷疑過花無錯……我從來都不懷疑我的兄弟的！」

◇◇◇

他們在雨中奔行，逆著風，逆著雨勢，都感覺到一種激烈的豪情。

這一股豪情，把他們四個人緊緊縮結在一起。

——人生路正漫長，但快意恩仇幾曾可求？一個人能得一痛快的時候，何不痛快痛快，痛痛快快！

白愁飛的機心，王小石的懶散，被蘇夢枕所激起的傲慢，全湧起了一股戰志，連同戰神一般的師無愧，一同奔赴「破板門」。

——破板門究竟是什麼地方？

破板門其實是三條街的統稱。由於這三條街的共同出口都要經過一道破舊的牌坊，而三條街的後巷都圍著一道板堵子，因爲街後連接著揀石坑，那兒有一片十幾畝地的地坪，通常有牛羊放牧。這破板門三條街住著的人家，大都是權貴富人，後街卻是貧窟破寮，所以前街的人極不願被牛羊騷擾，便建了木堵圍著，年月一久，板堵經風吹日曬，破舊不堪，所以人們都稱這三條街爲「破板門」，同時有著奚落這一帶有錢人的意味。

這三條街的物業，都屬於「六分半堂」的。

◇◇◇

在第二條街的第三間大宅的廳堂上，有好幾個人。

但這一群人裡，只有五個人是坐著的。

其中四個人都是「六分半堂」的分堂堂主。

這四個人，除了花衣和尙、豆子婆婆、「三箭將軍」，以及五堂主雷滾外，另外一個能有資格坐在椅子上的，看來就是花無錯。

花無錯看來垂頭喪氣，有如驚弓之鳥。

花衣和尙與豆子婆婆也坐立不安、無精打采；連高大威猛的三箭將軍，神情也顯得有點緊張。

只有一個人安定如恒。

而且極度自信。

那人坐在大堂首位。

他的地位最高。

也極有權威。

他是雷滾。

雷滾的自信，除了來自他是雷家嫡系的當權派系之外，另外是來自他的一對「飛天雙流星」。

「六分半堂」裡姓雷的有三百七十多人，其中高手大不乏人，但他仍能在「六分半堂」裡穩坐第六把交椅，自然有過人之能。

能躋上「堂主」之職的雷氏子弟，還有二堂主雷動天、三堂主雷媚、四堂主雷恨。

這是雷滾另一個極度自信的原因。

因為他萬一出了事、闖了禍，二堂主、三堂主、四堂主全會為他掩護、為他求情，就算總堂主雷損再大公無私，也很難會責罰到他的身上。

這次的行動，是他一手策動的。

當然上頭也有授意給他，不過他也還沒弄清楚，這「殺蘇夢枕」的行動，究竟是大堂主狄飛驚的計策，還是總堂主雷損的意思。

——不過，想必不是雷損的主意。

——外面人人都說：這幾年來，「六分半堂」的天下已經給「金風細雨樓」瓜分，勢力已漸被取代。

——傳言裡更有：雷損就像一隻掉光了牙的老獅子，遇上了年輕力壯、箭利叉銳的獵手蘇夢枕！

——雷家的勢力已給打得無還手之力！

雷滾當然不服氣。

他絕對相信，以「六分半堂」現有的實力，絕不在「金風細雨樓」之下，只不過在官府朝廷上，「金風細雨樓」是強上一些，但若論在各地潛伏的力量，以及多年來與黑白兩道、綠林武林和官方勢力之間的結合，還遠在「金風細雨樓」之上。

——「六分半堂」與「金風細雨樓」絕對是可以一拚的！

——他不明白近幾年來，為什麼雷總堂主老是避讓，以致「金風細雨樓」步步進逼！

——他才不相信那癆病鬼蘇夢枕有多大能耐！

——再這樣忍下去，「六分半堂」可退無可退了！

雷滾決定要予以回擊。

他要對「金風細雨樓」施以顏色。

所以他不管究竟是誰的意思，他都要展開行動，準備一舉格殺蘇夢枕。

——可惜功敗垂成。

今天的結果，讓雷滾十分失望：圍殺的人不但倉皇敗退，連深潛入「金風細雨樓」的「古董」余無語，也在斯役中喪命，另一個臥底花無錯也洩露了身份，這使得「六分半堂」在「金風細雨樓」裡埋下的耳目大受重創。

本來，對方也折損了兩員大將，那就是「茶花」和沃夫子；可是，敗退回來的花衣和尚、豆子婆婆和三箭將軍，還十分畏懼會遭到蘇夢枕的報復，這使得雷滾更是暴跳如雷。

——蘇夢枕是什麼東西！我不相信他有三頭六臂！

——這干沒用的飯桶，吃了虧回來，還怕成這個樣子，真是丟盡「六分半堂」的顏面！

雷滾按照上頭的指示，先作了一些安排，然後任命十一堂主林哥哥把守「破板門」要塞，他自己再召眾商議應對之策。

他當然不怕蘇夢枕來犯，因爲：第一，他曾六次擊退企圖攻陷「破板門」的敵人，其中一次，還是「迷天七聖」率三百名奇兵突襲，但都被他率眾一力擊退；第二，蘇夢枕驚魂未定，身陷敵人陣地中，只求逃出生天，怎顧得了反攻？

故此雷滾好整以暇。

他要先聽聽七堂主、八堂主、十堂主等人有什麼意見。

他喜歡讓他們先把話說清楚，然後才作出總結，並提出比他們更高明的意見，來顯示他的高人一等。

他覺得這是顯示權威的法子之一。

而且也只有已經有了權威的人，才能夠利用這個方法。

這使他份外感到人在權勢裡的春風得意。

十三　刀與人頭

「蘇夢枕不是人！」

「那種情形之下，他著了花無錯的『綠豆』，我、古董、花無錯一齊截擊他，還有外面四百支強弩對準著他，可是他只要一刀在手——」

「他一刀就剜去自己腿上沾毒的一大塊肉，一刀就逼走我和花無錯，再一刀就殺了古董，那柄魔刀飲了血，更紅！」

「如果我們走遲一步，只怕——」

「蘇夢枕的刀，不是刀，他那一刀不是對著我們發，但令我們感覺到無可拒抗的震怖，我們只有速退，那一刀的恐怖，我們前所未見。」

「可是，遙望蘇夢枕砍向古董那一刀，妖艷得前所未見，看來那麼風華絕代，令人無法相拒，古董便被一刀就身首異處。」

「這是什麼刀!?」

「蘇夢枕是什麼人!?」

「人怎能使出這樣的刀！」

豆子婆婆猶有餘悸，想到那一刀的冶艷與畏怖，本來正向雷滾稟報的話說成喃喃自語，接近語無倫次。

「我躲在牆裡，閉住了呼息，閉住了雜念，甚至連脈搏和心跳也完全閉住了，爲的是不讓姓蘇的王八蛋發現，所以，我才能一擊得手，沃夫子著了我三口『化骨針』，要不然，以沃夫子的『少陽摔碑手』，誰都不易制得住大局……」

「我又力戰茶花，逼他毒發身亡；更敵住師無愧，讓他無法過來搶救姓蘇的王八蛋，可是，卻忽然冒出了那兩個不知天高地厚的小子，否則，姓蘇的早已躺在地上，不能再在江湖上充好漢了！」

花衣和尚額上有著密密麻麻的水珠，也不知是汗，還是雨水？要不是他額上燒著香疤，瞧他花衣錦袍，準以爲他只是禿頭，並非和尚。

「我安排好了四百支快箭，本要在蘇公子身上穿四百個窟窿，但那兩個人突然出現，使我們的戰陣有了缺陷，陣腳大亂——」

「世上有很多事情，都是在無意間造成的。有很多微不足道的小事，或是一時之念，日後可能造成極大的影響，甚至是可以易朝換代，改寫青史。我覺得這次行動，事先沒有考慮到這些意外的事件，是失敗的主因。」

三箭將軍虬髯滿臉，鬍子長得濃密如亂草，但一張臉卻極削瘦，雙顴高窄，眉毛也亂而濃，所以乍看過去，在頭盔下只有大團小團的黑，而看不到臉容。

「完了。」

「蘇夢枕是有仇必報的！」

「你們說過這次行動一定能把蘇夢枕置於死地，我才敢動手的！可是，這樣子重要的行動，怎麼總堂主不來？怎麼大堂主也沒出現？」

「現在蘇夢枕不死，他一定不會放過我們的，至少，他一定會來殺我的。」

「五堂主，你要爲我主持公道。」

花無錯全身都在發著抖。

他從來沒有那麼害怕過。

以前他面對生死關頭，畢竟還有勇色豪情，但他現在卻感覺到全然的徬徨與無助，因爲他忽然失去了讓他勇和豪的力量。

——這「力量」是什麼？

——爲什麼在他「出賣」故主的時候，狙殺他的「兄弟」之後，就突然消滅無蹤呢？

現在輪到雷滾說話了。

他的一雙稜稜生威的大眼，如雷動一般滾掃過去；豆子婆婆、花衣和尙、花無錯、三箭將軍全都有被雷霆輾過的特異感覺。

雷滾說話的語音也似雷聲滾滾。

「豆子婆婆，妳這是長他人志氣、滅自己威風；其實你們這次也幹得並不壞，至少已殺了癆病鬼手上的兩員大將，把他嚇住了，少不免要對內部大事整勘，這是無過有功。姓蘇的只是人，人使的刀，也只不過是刀，你怎麼越活越回頭了？」

「這次剿敵戰，大家都冒了點險，人人有功，花衣和尙居然還要爭首功！如果殺了姓蘇的，你爭的還情有可原，但現在姓蘇的還未死，你爭個啥！」

「魯三箭你這話算是自省、還是推諉責任？別忘了敗軍之將不可以言勇，你領四百張弓，射殺不了一個癆病鬼，如果要作檢討，恐怕你自己也還沒把事情弄清楚吧！」

「這個行動一旦展開，我們就不怕姓蘇的報復！最好那癆病鬼敢來，我雷老五在這裡候著他，花無錯，你押的這一注，錯不了，別魂飛魄散的當不上漢子！」

雷滾又「盯」了每人一眼，直到他自覺眼神足可把人螫得痛入心脾，然後才道：「姓蘇的這次受了傷、死了人，至少要一番整頓，這番挫一挫他的銳氣，也是極好的事，是不是？」

當他問「是不是」的時候，他期待別人回答「是」的時候，自然不希望聽到「不是」。

如果他要別人回答「不是」的時候，他的問題自然就不讓人能有答「是」的機會。

——有些人在會議的時候，根本希望人只帶耳朵，不必帶嘴巴；當然，在需要讚美或附和的時候是例外。

就在他問「是不是」的時候，外面喧嘩的雨聲中，陡然變爲一種刺耳的鐵笛尖嘯聲。

笛聲刺耳，此起彼落。

雷滾的臉色變了。

◇◇◇◇◇◇

三個穿寬袖短襟縐袍高腰襪的漢子，一齊進入中堂，一齊跪倒，雷滾即道：「說！」

後面兩人站在一旁，當先一名漢子道：「前街有敵來犯，十一堂主正在全面抗敵。」

花無錯聽得臉如死灰，全身一震。

雷滾只「嗯」了一聲，道：「好大的膽子！」忽又「嗯？」了一聲，即向三箭將軍道：「你帶人去守後街！」他悶雷似的道：「他們攻前街，更要提防後街！」

三箭將軍立即站起，道：「是！」飛步而去。

花無錯失神的道：「他……他來了！」

雷滾深吸一口氣，連下七道告急請援令，心想：總堂主和大堂主究竟在哪裡？不然，老二、老三、老四至少也要來一來啊！

不過他隨即想到：自己將與名動天下的蘇夢枕對決時，手心都因亢奮而激出了汗！

他稍微凝攝心神，道：「好，他來了，我們這就出迎他去——」

陡聽一個聲音道：「不必了！」

聲音就響在雷滾的身前。

然後就是刀光飛起。

一片刀光，擷下了花無錯的人頭！

刀光來自那兩名側立的漢子。

雷滾大喝一聲，左重九十三斤、右重九十五斤雙流星飛襲而出，這種奇門兵器又以不同重量的流星鎚最難收放，不過一旦練成，又是最難招架的兵器，遠攻長取，殺傷力大！

流星鎚打出，人已不見。

人隨著刀光。

刀光艷艷。

刀輕輕。

刀飛到了花衣和尚的光頭上。

花衣和尚大叫一聲，手上銅缽，飛旋打出！

他手中的一百零八顆鐵稜念珠，也呼嘯而出！

同時間，他的人也破窗而出！

他只求把蘇夢枕阻得一阻，方才有逃生的機會！

廳中的高手那麼多，只要他逃得過這一刀，一定有人會擋住蘇夢枕！

窗櫺飛碎。

外頭是雨。

他果然看見自己逃了出去。

可是他怎麼「看見」自己「逃」了出去呢？

他馬上發現，從窗子裏飛出來的是一具無頭的軀體。

——爲什麼會沒有了頭!?

——這確是自己的身體，那衣履、那身形……

——莫不是……

花衣和尙的意識到此陡止，沒有再想下去。

因爲他已不能再想。

他失去了「想」的能力。

◇◇◇

豆子婆婆看見蘇夢枕一刀砍下了花無錯的頭顱，就像他砍掉古董的人頭一樣，美麗而飄忽，還帶著些許風情。

然後第二刀便找上了花衣和尙。

追上了花衣和尙。

婉約的刀光帶著緋色，在花衣和尙剛要飛掠出窗外的脖子上絞了一絞，花衣和尙這時正好撞破了窗子，所以頭先飛出窗外，身子餘勢未消，也摔落窗外。

然後刀又回到了蘇夢枕手中。

蘇夢枕轉過頭來，目如寒星，望著她。

豆子婆婆在這一刹那，幾乎哭出聲來。

◇◇◇

她還沒有哭出聲，但雷滾已發出了一聲雷吼！

雷滾不明白。

那一抹灰影掠到哪裡，他的雙流星就追到哪裡。

因爲他知道灰影子就是蘇夢枕。

——蘇夢枕居然進入了他的地盤，正在格殺他的人！

這個正在發生中的事實像一柄燒紅的尖刃，刺在他的腳板上！

過激的反應使他整個人都彈跳起來，而且充滿了鬥志。

這一剎那，鬥志甚至要比生命力還旺盛！

——寧可死，但決不能不戰！

——殺死蘇夢枕，就可以在「六分半堂」獨當一面、舉足輕重！

——殺死蘇夢枕，就可以名揚天下、威風八面！

一個人一直想做一件驚天動地的事情，既不敢叛長逆上，又不服膺已成名的人物，於是便在心中立定了一個「頭號大敵」，以策勵自己有一天要越過他、擊敗他，來證實自己的成功。雷滾的「頭號大敵」便是蘇夢枕。

尤其是當別人對他這個人嗤之以鼻，以一種螢蟲也與日月爭光的眼色對待時，更令雷滾感覺到焦灼的憤怒：

——有一天，一定要擊敗蘇夢枕。

——只有擊敗蘇夢枕，才能證實自己的存在！

所以在這一刻，他已被鬥志所燒痛。

他對蘇夢枕作出瘋狂的截擊。

但他的招式卻一點也不瘋狂。

他的雙流星，重流星自後追擊，輕流星在前迴截，一前一後，只要給其中一記流星絆了一下，就可以把敵手打了個血肉橫飛。

他的輕流星明明可以從前面兜擊中蘇夢枕的身子，可是，蘇夢枕忽一晃就過去了，已到了輕流星之前、擊不著的地方；而重流星明明眼看要擊中蘇夢枕的後腦，可是不知怎的，只差半吋，蘇夢枕的後髮都激揚了起來，但仍是沒有擊著。無論把鐵鍊放得再長，都是只差半吋，擊了個空。

蘇夢枕這時已二起二落，砍掉了花無錯和花衣和尚的人頭。

◇◇◇

淡紅色的刀變成艷紅。

艷紅如電。

豆子婆婆卻連眼睛都紅了。

她突然卸下身上那件百結鶉衣。

這件千穿百孔的破衣在她手裡一揮，就捲成了一條可軟可硬的長棒，手中棒「呼」地劃了一個大翻旋，橫掃淡紅的刀。

艷紅忽亂。

亂紅如花雨。

豆子婆婆手中的布棒忽然碎成了千百片，漫揚在空中，豆子婆婆疾閃飛退，蒼髮斷落，亂飛在空。

刀光又回到蘇夢枕袖中。

蘇夢枕又把手攏入袖裡。他這樣說道：「能接我一刀，已經很不容易了。妳要記住，我不殺你，還有一個原因：就是妳並沒有親手殺死我的兄弟。」

「誰殺死我的兄弟，誰就得死！」

他一說完，轉身就走。

他不但對堂上圍堵了四百八十六名「六分半堂」的子弟視若無睹，而且也好像根本就看不見雷滾這個人。

這一點足以把雷滾氣煞。

這比殺了他更痛苦。

至少是更侮辱。

十四　市集裏的人

如果雷滾不使出這一記「風雨雙煞」，他所受到的挫折，也許就不致如此的慘痛。

不過，日後的成就，也許就不會如此的大。

人生裡有很多步伐、許多決定，一旦跨出去、一經動念，也許現在看來是錯的，但日後卻變成了對的；或許如今明明是對的，但到了將來卻是成了大錯。對錯往往如一刀兩面，切開因和果、緣和份。一個人如果一生得意，很可能就不會有太大的得意，反之，一個人常受挫折，未必不是好事。沒有高山，就不會有平地。

雷滾那一擊結果如何？

蘇夢枕的紅袖刀呢？凄艷的殺氣，是不是可以沛莫能禦？

雷滾的雙流星，未打出去前已急劇旋轉震盪，發出去後更互相碰擊激撞，沒有人能分辨得出這一對流星鎚，會從哪一個角度、哪一種方式擊在哪一處要害上；縱連雷滾自己也不能夠。

但卻可以肯定，只要經這一對流星碰上，骨折筋裂，準死無疑！

雷滾已騎虎難下，也開始有些自知之明。

他這雙鎚縱殺不了蘇夢枕，至少也可以把他留上一留。

不料有一件事卻發生了。

而且發生得毫無癥兆。

流星鎚到了蘇夢枕身前，也沒見他怎麼動，那兩條精鐵鋼鍊就斷了。

流星鎚舞得再好，只要鍊子一斷，流星鎚就跟南瓜沒什麼分別，一枚呼溜溜的滾到廳外，把圍堵的「六分半堂」弟子驚讓出一條路，而另一枚拍地撞在一名正跟師無愧纏戰的副堂主胸口，把那人的胸膛整個打癟了下去，血吐得滿鎚子都是。

蘇夢枕仍是沒有多看雷滾一眼。

甚至連一句話都不屑跟他說。

他仍在往外走，一面向把湧上來的「六分半堂」子弟截住的師無愧說了一句：

「立即走。」

那滾落在地上的一對流星，也彷彿與他毫無關係。

師無愧馬上收刀。

他收刀如此之急，使得正跟他廝拚的一刀三劍五把槍，幾乎全要扎到他的身上。

師無愧驟然收刀，全身空門大開，反而使這幾名高手紛紛收招，以爲有詐。

甚至有一人還因急著收住衝殺的勢子，竟在地上劃出了一道深刻的槍痕，星花四濺。

師無愧已跟著蘇夢枕，行了出去。

沒有人敢攔住他們。

沒有人能留住他們。

蘇夢枕走到檻前，微微一頓，一抬足，腳跟回蹴，把那一枚九十三斤重的鐵流星，踢得直飛了起來，眾人嘩然閃躲，只聞「轟」的一聲，流星鎚撞破了那幢寫著一個草書「六」字的石牆。

牆坍磚裂，塵揚灰漫，再看蘇夢枕已不見。

牆上只剩下「分半堂」三個字，還有一顆墜落的流星。

◇◇◇

外面仍是有雨。

雨勢漸小。

不過仍烏雲密布，風湧雲動。

蘇夢枕一出長街，奔行極急，師無愧則寸步不離的相隨。

剛才蘇夢枕叫他「立即走」，而不是「走」，所以他一聽到、就住手，甚至對自身安危置於不顧。

「走」和「立即走」並不一樣。

——而他又深知蘇夢枕在發號施令的時候，絕不拖泥帶水；只要多說一個字，便有一個字的用意。

——大局已受控制，兇手也償了命，蘇公子爲何走得這般急？

蘇夢枕一步出「破板門」，立即就發現左右兩邊的街角，疾轉出了兩個人，跟他並著肩走。

師無愧一向都走在他的後面。

這剛出現的兩個人，一個人在雨中，仍然漫不經意，神態瀟灑悠閒，似跟平時沒什麼兩樣；一個卻毫不把淋雨當作是件討厭的事，在他而言，彷彿每一串雨珠都是一粒珍珠一般。

這當然就是白愁飛與王小石。

他們見到蘇夢枕，眼裡都不自覺的轉換了一種神色。

白愁飛的眼睛像燃燒了起來。

王小石卻似星星般的閃亮。

蘇夢枕沒有問他們什麼。

他派王小石去攻前街，白愁飛去攻後街，當然都是「佯攻」，爲的不過是轉移對方的注意力。

他才第一次看見他們兩人，他就把這兩件「艱任」交給他們。

——如果他們辦不成功，前後街的兵力集中，來個人海戰術，蘇夢枕就不一定能鎮懾全場，從容步出。

可是蘇夢枕很放心。

他知道他們一定能辦得到。

而且能辦得好。

把一件事辦得到和辦得好是不同的：就像一個人能唱歌和能唱好聽的歌及把歌唱得很好聽，都是不同的意思一樣。

他們既在這兒出現，就已經等於是說，把這前、後街的兵力引走之後，才與他集合。

蘇夢枕見到他們，只頓了一頓，說：「很好。」然後說：「走。」

——「很好」，在蘇夢枕來說，已是最高的讚美。「金風細雨樓」裡，被他說過「不錯」的，只有一十八人，讚過「好」的，只怕不到三分之一，更遑論「很好」。

──「走」就是命令。

可是白愁飛立即道：「走？」

蘇夢枕不應他。他不喜歡把話說上兩次。

白愁飛道：「走去哪裡？」

蘇夢枕道：「回風雨樓。」

白愁飛抱拳道：「我們素不相識，只是有緣併肩作戰一場，何不就此功成身退？」

蘇夢枕如寒火的雙目迅若星火的在他臉上一掠，只道：「這不是你內心的話。」

然後他道：「你們現在想不跟著我走都不行了。」

這次輪到王小石問：「爲什麼？」

「看來，在苦水舖狙殺我不是『六分半堂』雷損的意思，但要趁我赴破板門報仇，然後在回去的路上全面截殺，才是雷損的真正用意。」

「所以，你們已別無選擇。我們功未成，沒有人可以身退。」

被敵軍包圍的人，已別無選擇，一是突圍，一是投降。

——突圍即戰，投降則只能任人處置！不管對方把你處置得像一塊豬肉還是一頭狗，都不得反抗。

——誰叫你投降？

——一個人只要認了命，投了降，無論敵人怎麼對待他，他也只有逆來順受。

——所以有些人寧願死，不投降。

白愁飛嘆了一口氣道：「看來，打從救了你開始，這場禍事就脫不了身。」

蘇夢枕冷冷的瞄他一眼，道：「難道你們希望這京城裡事事皆與你們無關？」

白愁飛沒有答腔。

四人走到東三北大街，只見在灰濛濛的雨勢裡，街道上居然還有人在擺賣。草棚繫著幾匹馬，有兩三人正在餵飼料，有三家肉攤子，一家擺賣牛肉，一家賣羊肉，一家賣豬肉，還有一家磨刀店，隔壁是磨豆子店，門前有人賣豆腐、有人賣菜、有人賣雞、鴨、魚、蝦，也有小販在賣饃饃、燒餅、鍋貼、煎包，還有在賣糖水、甜糕、甘蔗、麻薯、湯圓，甚至布玩偶、陀螺、風箏、冰糖葫蘆、獸皮。

只要在市集裡會見到的東西，這兒都有。

這件事本不稀奇，這條街本來就是市集。

稀奇的是這些事物，不應該出現在雨中。

這些小販，簡直只當沒有下雨。

他們照樣擺賣，就當是風和日麗好春光的好日子。

他們的攤子，都有一個特色：

沒有顧客。

任何攤販，營業是為了有人光顧，可是這四、五十家攤檔，似乎不是為普通顧客而擺的。

其實他們只為一位「顧客」而擺賣。

——這「顧客」便是被譽為統管京城黑白兩道、統攝正邪兩派、統領官民二路，可以稱得上是當今最有權勢、竄起得最快而來歷又最神祕、刀法稱天下第一的「金風細雨樓」樓主蘇夢枕。

他們一轉入東三北街，這一整街的販夫走卒，正在等待著他們的「光顧」。

白愁飛禁不住要深呼吸。

他剔著眼眉，深深的呼吸。

他每次一緊張的時候，就要深呼吸；他自小聽人說，只要是在緊張的時候，多作深呼吸就能平氣，氣平則心能靜，心靜則神凝。

他必須要凝神。

因爲大敵當前。

——他出道已八年，格殺過不少勁敵，但在當今之世，卻很少人知道有「白愁飛」這個名字。

那是因爲他還不想出名。

他一旦要成名，便要成大名，小名小利，他是不放在眼裡的。

——爲了使他暫不出那「無謂之名」，他不惜把知道他有絕世武功的人除去。

一個像他那樣心懷大志、身負絕技的人，居然能隱忍了八年當一藉藉無名的高手，當然是極能沉得住氣的人。

可是他往雨中的情景一看，一口氣就凝不住了。

在這雨景裡看得見的有七十二人，還有匿伏著的十六人，這些人如果發動了總攻擊，這種情況要比剛才在苦水舖裡，四百名神箭手快弩瞄準蘇夢枕的處境，還要可怕一十三倍！

不多不少，剛好十三倍！

白愁飛心裡一盤算，就算再沉得住氣，也有點沉不住氣了。

他沉不住氣的時候，只好做深呼吸。

雖然做了深呼吸，不見得就沉得住氣，但深吸一口氣，至少可以證實他仍活著。

只有活著的人能呼吸，能享受呼吸。

能呼吸，總不是件壞事。

◇◇◇

王小石突然覺得手凍腳凍。

他最不喜歡自己這個反應。

他一緊張，呼吸不亂，心跳不變，眼皮不跳，但就是手腳一下子像浸到冰窖裡，全身冷得像寒冬的鐵耙。

別人如果在這時候握著他的手，或碰著他的腳，就會錯以爲他感到害怕。

他其實並沒有害怕，他只是緊張。

緊張跟害怕是不一樣的：緊張可以是亢奮的，害怕則可能是畏懼。

王小石很容易緊張，其實，他看到溫柔就手冷腳冷，初遇蘇夢枕，手腳更凍得個欲仙欲死。

可是他並不怕溫柔和蘇夢枕。

跟溫柔在一起，王小石感到無由的喜歡；與蘇夢枕在一起，卻是感到無窮的刺激。

不管是哪一種情緒，都跟害怕無關。

不過別人一旦發現他手足冰冷，都會誤以爲他在怕。

其實王小石除了死，什麼都不怕。

他現在不是在怕死，可是一眼看出那雨中店鋪攤檔所擺出來的陣勢，真要比諸葛孔明當年的「八陣圖」還難以應付，偏又把極深奧的陣勢化爲市井常物，更令人無從捉摸，這種無可匹敵的感受，更激起了王小石的鬥志。他因而更加感到緊張！

他一緊張，腳就自然而然的擺動，手指也搓揉起來。

擺動雙腳，搓揉十指，便成了他解除緊張的法子之一。

世上有各種不同的人，用他們自己各種不同的方法來解除緊張。

有的人在緊張的時候，就看看書、唸唸佛、寫寫書法，甚至睡個大覺，也有人完全相反，他們在緊張的時候就暴怒，打人、罵人，甚至殺人，只看他高興。

有人解除緊張的方法很正常，譬如洗個澡、唱齣戲、找個女人發洩，有的人消解緊張的方式就很奇特，他們要被人揍一頓、不停的工作、一口氣吞十根大辣椒、甚至抓一個人把他的肉一片片割下來吃！

蘇夢枕呢？

——他如何解決緊張？

沒有人知道。

因為沒有人見過蘇夢枕緊張。

就算在苦水鋪裡，蘇夢枕眼看要在四百張快弩裡中伏，他也只是變色，但並不緊張，

——他一向認為緊張只會誤事，並不能解決問題。

——問題來的時候，他只全力解決問題，絕不自己再製造問題：這是蘇夢枕處事的原則。

可是當他面對這樣一個「市集」的時候，連蘇夢枕也難免覺得一陣昏眩、一陣輕顫。

——其實人就是這樣，越是不容易生病的人，一旦生起病來，倒不易治好，反而是常生小病的人，一向耐得住大病小病。

——擅飲的人少醉，一旦醉倒，也吐得比別人厲害！

蘇夢枕極少緊張。

他一緊張，就立即說話。

說話就是他解決緊張的秘訣。

所以人們只聽見蘇夢枕在說話，看不見蘇夢枕也會有緊張的時候。

——其實大多數人豈不是一向都只用耳朵看人，眼睛聽話的？要不然，爲何只要聲勢洶洶，就可以理曲氣壯？爲何只要富貴權威，他說的話就成了金科玉律？

◇◇◇

「剛才『破板門』裡雷滾說過一句話，十分荒誕無理，他罵魯三箭說：『敗軍之將不可以言勇』，這句話真是錯到陰溝裡去了；」蘇夢枕道：「其實天下最有資格言勇者，便是敗軍再戰。只有敗將才知道敗在哪裡，對方勝在什麼地方。常勝將軍不足以恃，反而在敗中求勝的良將才是難求。」

白愁飛深吸一口氣道：「敗將可以再興，但死將軍卻不能再復活。」

蘇夢枕斜瞄他一眼，道：「你這句話是什麼意思？」

白愁飛笑道：「我在想，有什麼辦法才能夠使這班『六分半堂』的好手，只殺你，不殺我呢？」

蘇夢枕即道：「很簡單！把我抓起來，獻給敵方，你就可以領功受賞，化敵爲友。」

白愁飛大笑道：「好主意。」身形一長，就向場中掠去。

看他這一掠之勢，至少會有十人當即就要喪命在他指下。

白愁飛出手，王小石不能閒著。

他正要拔劍，師無愧忽然說了一句他聽得懂但不明白爲何卻在此時說的話：

「無法無天。」

◇◇◇

這句話一說，蘇夢枕的神態立即變了。

他一手就挽住白愁飛直掠的身子。

白愁飛這一掠之速，就算八十條漢子也未必兜截得住他，但蘇夢枕一晃身就攔住了他。

——還是白愁飛故意讓他攔住，才攔得住？

蘇夢枕一把留住白愁飛，只說了一句話：「先看看，才動手。」

這時候，忽然來了一些人。

有的從大道東來，有的自北大街來，有的從三尾街踱過來，有的自南角寮口轉過來。這些人都來得很從容、很鎮靜、很篤定、很安祥。

他們有老的少的、男的女的，也有高大的、矮小的、俊偉的、醜陋的、強壯的、美麗的，但他們只有兩點相同處：

人人手裡，都撐著一柄綠色油紙傘。

人人頭上，都裹著一方白巾。

手裡拿著傘，是可以遮擋雨水，但便望不著天，人人用白巾包著頭頂，便看不見他們的髮茨。

這樣一千人，在東、南、西、北四面出現，全往中央靠攏，不徐不疾，但速緩有致，等於包圍了這「市集」，堵截了這個陣勢原有的威力。

這本來是如同棋盤一個絕好的佈陣，但忽然堵上了十幾子棋，一下子，把原來的優勢破壞無遺。又像一幅畫，留白處本有餘韻，但一下子來幾記大潑墨，把空白都堵死。

這干人三五成群，相繼出現，市集裡的人面面相覷。那些持傘的人，有的走向魚販，有的邁向馬房，有幾個往肉店包抄，有兩三人卻向剃頭的老闆那兒「光顧」。總而言之，每一個人都有每一個人的「目標」和「專職」。

這市集裡頭先伏下的「六分半堂」高手，至少有八、九十人，這一群撐傘的人大約只有二、三十人，但這些人一出現，便形成一個分明的局勢：市集裡的人被撐傘的人包圍了。

市集裡的人莫不變得緊張起來。

連在市集前一名漢子，枯瘦得像一隻曬乾了的柿子，顴骨旁的兩道青筋，一直突突的躍動在太陽穴上。

他是雷恨。

十五　撐傘的人

雷恨很恨。

他一生都在恨人。

恨一個人比愛一個人更花時間，更何況他恨的人比他所認識的人更多，他把沒見過的人也會恨之入骨，有時他把他自己也恨在內。

他唯一不敢恨的人，只有雷損。

現在他最恨的人，就是蘇夢枕。蘇夢枕居然闖入「六分半堂」重地「破板門」，殺了他們的人，揚長而去，雷恨一想到這點，就恨不得把蘇夢枕連皮帶骨的吞下肚裡去。

狄大堂主就曾經這樣對他下過評語：「雷老四一旦恨一個人，就算武功勝不了對方，但憑他的恨意，也足可把對方驚走。」

這市集裡伏有九十二名高手，全是他堂下精兵，只要等狄飛驚一聲令下，立即可以在一瞬間就把蘇夢枕分成一千四百五十六塊碎肉。

但狄大堂主並沒有下令。

那一組撐綠傘的人已經出現。

雷恨恨得幾乎吞下了自己的下唇。

因爲那二十九名撐傘人來了。

這些人一來，自己和手下所佈的陣勢，無疑已被擊垮。雷恨心頭再痛恨，也絕不敢輕舉妄動。

——他們是「無髮無天」！

——蘇夢枕手下的一組精兵「無髮無天」，而今至少出動了一半。

雷恨知道他若妄然發動，只怕便再也不能恨人，只有悔恨。

更可能的是連悔恨的機會也喪失了。

◇◇◇

一個看來笨頭笨腦的年輕人，撐著一把黑桐油傘，越眾綠傘而出，走向蘇夢枕。

他經過師無愧身邊的時候，本來呆滯的目光，忽然流露出一種說不出的感情。

他低低聲的說：「都死了？」

師無愧苦笑道：「古董和花無錯是叛徒。」

這表情呆滯的人似震了一震，仍穩步走向蘇夢枕作了一揖，道：「屬下接駕來遲。」

蘇夢枕微微頷首道：「你沒有遲，來得正好。」

王小石東看看、西看看、左看看、右看看、前看看、後看看，看來這次又是死不成了，他才忍不住道：「原來真的有絕處逢生、及時趕到的事。」

蘇夢枕淡淡一笑，但眼光裡有不屑之意。

師無愧瞄了瞄蘇夢枕的神色，即道：「公子在赴『破板門』之前，一路上已留下了暗記，算定『六分半堂』的人會在回頭路上截擊，莫北神才能調兵趕來。」

白愁飛「哦」了一聲：「原來是莫北神！」

王小石奇道：「怎麼我看不見你們留下的暗號？」

師無愧道：「要是讓你們也能看見，還算是暗號麼？」

白愁飛嘆道：「說的也是。如果『金風細雨樓』的蘇公子貿貿然就去殺敵，世上早就沒有『紅袖萼枕第一刀』這個稱號了！」

王小石愣愣地道：「原來你們是要激出『六分半堂』的實力，在此地來一場對決！」

蘇夢枕忽道：「他們來的是雷損？還是狄飛驚？」

這次是那看來愚愚騃騃的莫北神答話：「是狄飛驚。」

蘇夢枕便道：「那今天只算是談判，不是對決。」

白愁飛在一旁向王小石飛了一個眉色，道：「看來這個故事是教訓我們：天下確沒有僥倖的事。」

王小石笑著搓搓手道：「看來這故事早已編排好了我們的角色。」

白愁飛目注遠方，又仰天一嘆，道：「而且，這故事才剛剛開始呢！」

王小石隨他目光看去，便看見一行人，手撐漆鬃黃色油紙傘，嬝嬝行了過來。

莫北神忽然雙目一睜，精光四射的眸子似突然撐開了壓在眼皮上的數十道厚皮，像發射暗器一般厲芒陡射，只說了一聲：

「雷媚來了。」

雷媚當然是位女子。

在江湖傳說裡，雷媚已成了當今三個最神祕、美麗而有權力的女子之一，這三個特點，大都能教世間男子動心，至少也會產生好奇。

在傳言裡，有人說雷媚才是當年手創「六分半堂」雷震雷的獨生女，後讓雷門旁枝的出色人物雷損奪得大權，但仍念雷震雷扶植之恩，把雷媚安排爲三堂主。另有一說雷媚愛上雷損，不惜把總堂主之位交給了他，但也有人說雷媚自知在才能上不及雷損，爲光大「六分半堂」，故將大位禪讓。

又有一說是：雷媚才是雷門的旁枝，根本就是雷損的情婦。雷損與多年的髮妻「夢幻天羅」關昭弟離異後，一直都跟這雷媚暗通款曲，甚至有人懷疑，關昭弟早就死在雷媚的手裡，所以才消聲匿跡一十七年。

白愁飛當然知道「六分半堂」有這樣一個雷媚，他曾向趙鐵冷探問雷媚是一個怎樣的人？趙鐵冷只能苦笑道：「『六分半堂』裡有三個人永遠也無法讓人了解：

一是雷損，沒有人了解他是個怎麼樣的人，因爲他不讓人了解；一是狄飛驚，只有他了解別人，沒有人能了解他；一是雷媚，她太容易讓人了解，不過，你很快就會發現，每個人對她的了解都不一樣，看她要讓你『了解』她的哪一面，你就只能『了解』那一面。」

白愁飛聽說過雷媚，也想見見雷媚。

白愁飛是個心高氣傲的男子，但縱再才情傲絕的男子，對有名的女子，也會感到有點好奇。

至少想看看。

看一看也好。

王小石也聽說過武林中有一個雷媚。

「雷媚在『六分半堂』主掌了一支神祕的兵力，她是雷損的愛將。人說目下江湖上三位神祕而美麗的女子，一位是雷損的夫人、一位是雷損的女兒，一位是雷損的手下。雷損這個人真有福氣，手下猛將如雲，男的是英傑，女的是美人。」

王小石那時候就忽然閃過一個念頭：有一天，他會不會也有這樣的人手？

一個人若要練成絕藝，那只要恒心、耐力、勇氣與才華，就不難辦得到；但一個人要想掌握大權，就非得要極大的野心、夠殘忍和擅於處理人事的手法權謀才行。

王小石自問自己也想辦成一些別人辦不成的大事，但卻沒有不顧一切要獲得成就的野心與奢望。

如果要他犧牲一切、改變性情來換取權勢，他寧可不幹。

不過青年人難免有所嚮往，有過想像，他也想見見能臂助雷損「得天下」的雷媚是怎麼個模樣？

所以他也轉頭望去。

可是他們都見不到。

見不到雷媚。

◇◇◇

一行女子，約十七、八人，一律穿嫩黃色的衣衫，小袖束腰，眉目娟好，手撐黃紙傘，嬝嬝娆娆的行了過來。

這些女子都長得艷麗可人，卻不知誰才是雷媚。

這一行女子一出現，那群市集裡的人，除了雷恨之外，全都聚在東三北街的一隅，好像要把路讓給這十幾位少女一般。

莫北神臉上也露出了奇怪的神色來。

那廿九名手持深綠色油紙傘的人，陣法變了，變得很慢、很緩，也很穩定，很不著痕跡，但又明顯的爲了這一行魚貫而至的女子變換出一個新的陣勢：能夠應付這十幾位看來嬌弱的少女之陣勢。

◇◇◇

王小石問白愁飛：「誰是雷媚？」

白愁飛道：「你沒有看見這些女子？」

王小石道：「可是這裡有十幾個女子，究竟誰才是雷媚？」

白愁飛道：「你看這些女子美不美？」

王小石誠實地道：「美。」

白愁飛道：「美就好了。有美麗女子，看了再說，管她誰是雷媚。」

王小石想了想，答：「是。」

他明白了白愁飛話裡的意思：行樂要及時。

——看來眼前凶險無比，只得往好的盡力，不能再往壞處深思。

◇◇◇

蘇夢枕陰冷的眼神，望望撐黃傘的女子，又看看莫北神所統率的「無髮無天」，又觀察了一下雨勢，自懷裡拿出一個小瓶，掏出幾顆小丸，一仰脖吞服下去。

雨水落在他臉上，似濺出了痛苦的淚。

他服藥的時候，無論是莫北神還是師無愧，誰都不敢騷擾他。

隔了好半晌，蘇夢枕一隻手輕按胸前，雙目又射出陰厲的寒芒。

「狄飛驚在哪裡？」

莫北神立即回答：「在三合樓。」

層樓。

蘇夢枕往街道旁第三間的木樓子望去：這原來是一伙酒家，挑著酒杆，總共兩

蘇夢枕向莫北神道：「你在這裡。」又向師無愧道：「你跟我上去。」

師無愧和莫北神都道：「是。」

王小石問：「我們呢？」

蘇夢枕突然劇烈的嗆咳起來。

他掏出一條潔白的手帕，掩住嘴唇。

他咳的時候雙肩聳動，像一個磨壞了的風箱在肺裡抽氣一般，吸吐之間沉重濃烈，而又像隨時都會斷氣一般。

好一會他才移開手帕。

王小石瞥見潔白的巾上，已染上一灘怵目的紅。

蘇夢枕闔起了眼睛，連吸三口氣，才徐徐睜開雙眼，問王小石道：「你知道這樓子上面有個什麼人？」

王小石盯著他，視線不移。當他看見他劇烈嗆咳的時候，他已決定自己會做什麼、要做什麼了。

他答：「狄飛驚。」

蘇夢枕問：「你知不知道狄飛驚是誰？」

王小石答：「『六分半堂』的大堂主。」

蘇夢枕用手無力的指指那一座木樓：「你知不知道這一上去，誰都不知道自己今生今世，是不是可以活著走下來？」

王小石淡淡地道：「我跟你直撲『破板門』的時候，也知道不一定能從那三條街走得出來。」

蘇夢枕盯了他一眼。

只盯一眼。

然後他不看白愁飛，卻問白愁飛：「你呢？」

白愁飛反問：「狄飛驚的武功很厲害？」

蘇夢枕臉上出現了一種似笑非笑的神色：「如果你要上去，自己便會知道；如果你不上去，又問來幹什麼？」

白愁飛深吸一口氣，道：「好，我上去。」

於是他們一行四人，昂然走入三合樓。

樓下只有疊起的桌椅，沒有人。

蘇夢枕向師無愧道：「你守在這兒。」

師無愧便挺刀守在大門口，像就算有千軍萬馬衝來，他也決不讓他們越雷池半步。

然後蘇夢枕優雅的拾級上樓。

白愁飛和王小石落在他一個肩膀之後，不徐不疾的跟著上樓。

他們這樣一起拾步上樓，心裡有一個特異的感覺：

彷彿他們這樣走在一起，便不怕風雨、不畏險阻，普天之下，已沒有什麼攔截得了他們的併肩前行。

併肩上樓。

樓上有樓上的世界。

樓上是什麼？

其實人的一生裡常常都有上樓的時分，誰都不知道樓上有什麼在等著他們？不曾上樓的人想盡辦法上樓，爲的要一窮千里目；上了樓的人又想要更上一層樓，或者正千方百計不讓自己滾下樓來。

樓越上越陡。

樓越高越寒。

樓上風大，樓高難倚，偏偏人人都喜歡高樓，總愛往高處爬。

高處就是危境。

蘇夢枕、王小石、白愁飛三人幾乎是同時上了樓。

於是他們也幾乎同時看見了一個人。

狄飛驚。

損。

——「六分半堂」的大堂主。

——他在「六分半堂」裡在一人之下，而在萬人之上。

——甚至絕大部分的人都認爲：「六分半堂」裡最受尊敬的人是他，而不是雷

◇◇◇

可是王小石和白愁飛都沒有想到，出現在他們眼前的會是一個這樣的人。

十六　咳嗽與低頭

「顧盼白首無相知
天下唯有狄飛驚」

◇◇◇◇◇◇

如果你沒有朋友，請找狄飛驚，狄飛驚會是你最忠誠的朋友。

如果你沒人瞭解，請找狄飛驚，狄飛驚會是你的知音。

如果你惹上麻煩，請找狄飛驚，因爲他可以爲你解決一切疑難。

如果你想自尋短見，請找狄飛驚，他必定能讓你重萌生機，縱連皇帝老子拿一千萬兩黃金求你去死，你也不肯爲他割傷一隻手指。

這是城裡流傳最廣的傳說。

可惜狄飛驚只有一個，要見他並不容易。

天下間只有一個人可以隨時都見得著他，既不是狄飛驚的兒女，因為狄飛驚沒有兒女；也不是狄飛驚的夫人，因為狄飛驚沒有夫人。狄飛驚一生只有朋友，沒有家人。他只獨身一人。

能夠隨時都見得到他的，只有雷損。

任誰能交到狄飛驚這樣的朋友，都一定能有驚人的藝業，但也許狄飛驚真正的知交，也只有雷損一人而已。

有人說，狄飛驚能容天下，雷損能用狄飛驚，所以他能「得天下」。

可是也有人說，一山不能容二虎，雷損與狄飛驚現在不鬥，等天下大定時也難免會兩虎相鬥，這絕對可以說是「六分半堂」的一大遠憂，也是一大隱憂。

蘇夢枕當然聽過這些流言。

——至於最後一項傳說，正是他親自「創造」出來的，故意讓這些話流傳江湖，然後他在等待「六分半堂」這兩大巨頭的反應。

消滅敵人的最佳方法是：讓他們自己消滅自己。

讓敵人自相殘殺的方法，首先便是要引起他們互相猜忌：

——一旦互相猜疑，便不能合作無間，只要不合作無間，便有隙可趁。

要引起敵人互相不信任，可以誘之以利，但對付像雷損和狄飛驚這等好手，威迫利誘全成了小孩子的玩意。

所以蘇夢枕就製造流言。

流言永遠有效。

——就算是定力再高的人，也難免會被流言所欺、謠言所惑，因爲流言本身能造成一種壓力，像雪球一般越滾越大，所謂「流言止於智者」，但你就算買匹布也得要看是不是品質保證的老字號，智者也難免要聽流言，只不過是對流言較有所選擇而已。

——縱使是從不聽流言的人，只能算是對流言作一種逃避；換句話說，流言對他一樣有影響力，所以才教他不敢面對。

——能夠面對流言、解決流言的人，就是一個勇敢的人。

蘇夢枕把流言傳了開去，然後在等「六分半堂」的反應；敵人那兒既然有炸藥庫，他無意要去把它搬回來，只需爲對方點燃引信就可以了。

他相信他的作法就像把一桶水潑到麵粉袋裡頭，隔不了多久這袋麵粉就要發霉、發酵。

——你如果要一對夫婦爭吵，很簡單，只要在外面到處流傳著他們相處不睦就可以了。

——一個組織裡的老大和老二開始互相鬥爭，往往是因爲外面已經在傳：老大要踢掉老二、老二要架空老大之後。

蘇夢枕有時候確也難免相信，只要雷損與狄飛驚仍相交莫逆，「六分半堂」的實力仍牢不可拔。

所以他潑出了這桶「水」，然後耐心等待結果。

——結果他得到什麼？

沒有結果。

雷損仍是雷損，分毫無損；狄飛驚仍是狄飛驚，遇變不驚。一個仍是「六分半堂」的總堂主，一個依舊是「六分半堂」的大堂主，互相倚重，平分秋色。

——那「一桶水」就似倒進了海裡，全無反應。

從此以後，蘇夢枕對狄飛驚更是好奇。

——老二不能不容忍老大，因爲老大的勢力都要比老二來得大，老二不能忍，就不能成爲老二。他可以是老大，或者什麼都不是，但做老二的天職便是要讓老大。

——可是這老二怎能做到老大完全不虞有他？

——這就是狄飛驚了不起的地方，同時也是雷損不可忽視之處。

蘇夢枕覺得奇怪，但並沒有放棄。

他知道狄飛驚與雷損之間必定有讓他們彼此都絕對信任的理由，這理由可能是一個祕密，只要找到這個祕密，也許就可以擊垮他們之間的親密關係。

蘇夢枕極想找出這個祕密來。

——爲了這個「祕密」，他不惜向設在「六分半堂」的臥底下令，把找出雷損與狄飛驚合作無間的「關係」視作第一要務。

現在他已有了頭緒。

他見過雷損。

雷損是「六分半堂」的領袖，只要是舉足輕重的大事，例如丞相大人大宴京城裡的當家們，雷損都難免會與蘇夢枕遇上。

但蘇夢枕仍未曾見過狄飛驚。

狄飛驚並不好出風頭。
現在樓上有個狄飛驚。
他正要去會一會狄飛驚。

◇◇◇

他見著了狄飛驚。

◇◇◇

他吃了一驚。

◇◇◇

這麼好看的一個狄飛驚，年輕、孤寂、瀟灑且帶一種逸然出塵的氣質，連白愁飛那麼俊秀的人看了，心頭也升起了一股妒意。

狄飛驚好看得讓人一看就知道他是狄飛驚。

狄飛驚一直望著他自己長袍的下襬，或垂視自己的鞋尖，就像是一個含羞答答的大姑娘，不敢抬頭看人。

一個大姑娘不敢抬頭來看，那是因爲她是女子。

女子容易害臊。

就算她想看人，也有許多不便；當一個女子總有許多不便，從古到今皆然，狄飛驚當然不是女子，而且還是「六分半堂」的大堂主，怎能連跟人說話都不抬頭。

他這種行爲不免失禮。

但誰都不會怪他。

也不忍心怪他。

因爲狄飛驚一見到蘇夢枕三人上樓，就歉然的道：「請不要怪我失禮。我的頸骨不便，無法抬頭，很對不起。」

蘇夢枕、王小石、白愁飛不知道狄飛驚說的是不是真話。

不過他們三人心裡都是一驚。

◇◇◇

——一個這麼好看的男子，頸部折斷了，永遠抬不起頭來，永遠看不到遠景。

三人心裡不禁掠過一陣悲哀。

——爲一個好看的幹才感到深切的悲哀。

——是不是因爲這樣，狄飛驚才當成了老二？

狄飛驚的脖子，軟軟的垂掛著，誰都看得出來，他的頸骨是折斷了，令人驚奇的是他居然不死，仍能撐著活到現在。

他說話的聲音很輕，似有若無，時斷時續，那是因爲他一口氣難以接得上來。

——他這樣活著，可以想見肉體和精神上，一直受了多大的煎熬與折磨！

——沒有脖子的人，一口內息難以運轉自如，恐怕武功也不會高到哪裡去！

——這樣活著，實在是痛苦至極！

可是狄飛驚仍微微笑著，像對他自身的狀況，感到十分滿意；由於他臉色出奇的蒼白，低著頭這般笑著，縱笑得再優雅，也難免令人有一種詭異的感覺！

狄飛驚一直垂著頭，所以他很容易的就看到蘇夢枕等人從樓梯上來，可是等到蘇夢枕等人上了樓，他仍垂著頭，談起話來，就十分不便了。

這樣看起來，好像狄飛驚正在垂頭喪氣、矮了半截似的。

白愁飛看了，心中的妒意忽然消失。

——世上畢竟沒有十全十美的事，所以也不會有十全十美的人。

王小石卻恨不得跪下來跟狄飛驚談話。

——也許只有這樣才對狄飛驚公平一些，而且狄飛驚也有一種令人膜拜的衝動。

至於蘇夢枕呢？

蘇夢枕是怎麼個想法？

◇◇◇

蘇夢枕走到窗前。

窗外一望無盡，河如玉帶，塔湖倒影，遠處畫棟雕樑，飛檐崇脊，正是氣象萬千的京城北面。

蘇夢枕雙手置欄，不眺遠處，只瞰街心。

雨絲如髮，天灰濛濛。

街上只有兩種顏色：

黃和綠。

黃傘與綠傘像編織的圖案，各聚一處，時作快速移動，互搶機樞，摻混一起。從欄杆上望落，像在雨景裡變化出鮮艷的圖案：黃和綠。

人在傘下。

蘇夢枕從樓上望下來，所以只見傘，不見人。

——綠傘是莫北神所率領的「無髮無天」部隊。

——黃傘是雷媚的人。

蘇夢枕回過身來的時候，又劇烈的嗆咳起來，他一咳，全身每一塊肌肉都在抽搐著，每一條神經都在顫動著，每一寸筋骨都在受著煎熬。

他又掏出白手巾，掩在嘴邊。

——白巾上有沒有染血？

這次王小石和白愁飛都沒有看出來，因爲蘇夢枕一咳完，就把手帕納入襟裡。

——究竟狄飛驚身上所受的痛苦多些？還是蘇夢枕所受的痛苦慘烈些？

——難道這就是得到權力和聲名所必須付出的代價？

——付出這麼大的代價才能有所獲，是不是值得？

在這一霎間，王小石與白愁飛心裡都同時升起了這樣的疑惑。

◇◇◇

蘇夢枕發話了。

他說話毫不客氣。

他只憑欄一望，這一望就確定了：

局面已受控制。

——莫北神的傘陣，暫可抵住雷媚的攻勢，而且自傘上傳遞的暗號裡，他知道楊無邪馬上就要趕到。楊無邪絕對不會是一個人到的。

楊無邪跟樓子裡的精兵幾乎已成了同義辭。

——只要大局無礙，就有了談判的條件。這就是蘇夢枕先要弄清楚局勢的原因之一。

任何談判的條件，都要建立在自己的實力上；一個人沒有實力，便不能跟人談條件，只能要求別人幫忙、寬恕、扶植、施捨或栽培。

蘇夢枕很明白這一點。

他會在極混亂的局勢裡認清自己的形勢，俟形勢對自己有利，才展開談判。

他一向認爲談判是另一種形式的攻勢。

兵不血刃的攻勢。

◇

「你的頭怎麼了？」蘇夢枕問得很直接。他認爲行事方式可以迂迴曲折，只要能達成目標，用什麼方法都可以。

但說話宜直接。

開門見山、直截了當，永遠是最安全可靠、節省時間的最好方式。

——不過這種方式，沒有權威的人未必宜用。

現在的蘇夢枕就算面對的是天子，也有資格這樣說話，不必仰人鼻息。

——這也許就是權力令人迷戀之處。

蘇夢枕一開口，就問到對方的弱點。

當一個人被刺在痛處，才能看出他應付事情的能力；當一個人被人刺中弱點，才能窺出他的強處。

「我的頸骨斷了。」

狄飛驚回答得也很直接。

而且很懇切。

「頸骨斷了，爲何不醫？」

「我的頸骨已斷了七年，如果治得好，早就治好了。」

「御醫樹大夫就是我們『金風細雨樓』的供奉之一，你來我們樓裡，我請他替你治病。」

「有名的醫生不一定就是好醫生，你以爲御廚做出來的菜，就真的是天下最好吃的菜嗎？」狄飛驚回答得很快、也很尖銳：「如果他真的是好醫生，你現在就不必咳嗽了。」

「咳嗽是我自己選的，在死亡和咳嗽之間，我選擇了咳嗽，咳嗽總好過死，對不？」

「低頭也是我的命運，一個人總難免有低頭的時候，常常低頭也有個好處，至少可以不必擔心撞上屋簷；如果給我選擇低頭和咳嗽，我要低頭。」

「我明白你的意思。」

「我也說得很明白。」

「一個人做事能夠明明白白，總是可以一交的朋友。」

「謝謝你。」

「可惜我們不是朋友。」

「我們本來就不是。」

蘇夢枕低咳了兩聲。

狄飛驚仍在低頭。

他們第一回合的談判已有了結果：

狄飛驚表明了立場：他拒絕了蘇夢枕的邀請，代表了「六分半堂」，仍是與「金風細雨樓」為敵。

所以他們是敵人，不是朋友。

——可是這世界上最了解自己的朋友，豈非正是最好的敵人？

◇◇◇

他們立即又開始了第二回合的談判。

「最近朝廷很想力圖振作，通常他們振作的方法，便是設法找個外敵，激起大家敵愾同仇的民族心，來達到萬眾一心、尊王攘夷、一統江山。」

——這點在蘇夢枕心裡也是這樣認為：如果要雷損和狄飛驚倒戈相向，說不定真的要在「金風細雨樓」倒了以後，天下既定，這兩人才會按捺不住，反目相向。

——大敵當前，反而易使人團結。

可惜蘇夢枕不能「等」到那時。

「我聽說過。」狄飛驚溫和的道。

「可是如果想要出兵，國家必須先要安定。」

「這點當然。」

「外面不怎麼平靜不大要緊，但裡面必須安靜；遠處不安定不打緊，但天子眼下必須要安定。」

「天子腳下在京城。」

「對。京城要平安無事，首要便是要縮減主事的人。」

「主事的人越少，越能集中，集中便於統治，對出兵遠征，也大大有利。」

「所以朝廷裡吃俸祿的大爺們，只願見京城裡只剩下一個幫會。」

「『迷天七聖』是外來者，不算在內，那麼，『金風細雨樓』和『六分半堂』只能剩下一個。」

「你以爲合併可能嗎？」

「不可能。」

「爲什麼？」

「因爲你不答應。」

「爲什麼我不答應？」

「因爲你一向都想當老大，合併絕不能容忍，絕不會接受加盟。」

「你以爲加盟可行嗎？」

「不可行。」

「爲什麼？」

「因爲雷總堂主也想當老大，加盟絕不考慮，只能接受合併。」

「所以我們都有歧見。」

「因此，天子腳下，只能剩下『六分半堂』或『金風細雨樓』。」

「你果然是明白人。」

「雖然我很少有機會抬頭，」狄飛驚的笑意裡掠過一抹悲涼：「但我一向都可以算是個明白事理的人。」

「明白事理的人比較不幸運，」蘇夢枕目中的寒光似乎也閃過一絲暖意：「因爲他不能裝迷糊，而又不能任性，通常還要負起很大的責任。」

「責任太多，人生便沒有樂趣。」

「你知道你這次要負起的是什麼責任？」

「你想要我負起什麼責任？」

「很簡單，」蘇夢枕爽快地道：「要雷損投降。」

一說完了這句話，他就咳嗽起來。

十七　奇蹟

第二回合的談判亦已結束。

狄飛驚並沒有震驚。

他抬著眼，一雙明淨的眼神似把秀刀似的眉毛抬到額角邊去；他靜靜的望若蘇夢枕，靜靜的等著蘇夢枕咳完。

由於他的頸項是垂著的，眼睛要往上抬才看得見蘇夢枕；他的眼珠凝在眼的上方，以致他眼睛左、右、下角出現白得發藍的顏色，很是明利、凝定、而且好看。

他好像早就料到蘇夢枕會說出這樣的話來一般。

吃驚的倒是白愁飛與王小石。

——蘇夢枕居然一開口就要「天下第一堂」的「六分半堂」向他「投降」！

◇◇◇

蘇夢枕咳完了。

很少人能夠忍心聽他咳完。

他的咳嗽病也許並不十分嚴重，可是一旦咳嗽的時候，全身每一部份都似在變形，他的聲音嘶啞得似要馬上斷裂，胃部抽搐得像被人用鐵鉗挾住，全身都弓了起來，心臟像被揸得在淌血，眼球充滿了血絲，臉上幾道青筋一齊突突的在跳躍著，太陽穴起伏著，臉肌完全扭曲，連手指都在痙攣著，咳得雙腳踮著，無法站穩，活像要把肺也咳出來一般，聽去就像他的肝臟，都在咳嗽聲中片片碎裂似的。

好不容易才等到他咳罷。

他一咳完，就把白巾小心的摺疊，塞回襟裡，像收藏一疊一千萬兩的銀票一樣。

然後他問：「你有什麼意見？」

他這個問題一出口，就是第三回合談判的開始。

世間有很多談判是急不得的。

誰急就表示誰不能穩操勝券，沉不住氣。

沉不住氣的人一向要吃虧。

談判的意義本來就是爲了不吃虧、或少吃些虧，甚或是讓人吃虧，所以越發要沉得住氣。

◇◇◇

「爲什麼不是『金風細雨樓』向『六分半堂』投降？」狄飛驚反問。

他問得很平心靜氣，一點也沒有意氣用事，只是像討論一件跟他們毫無瓜葛的身外事。

「因爲局面已十分分明：龐將軍原本是支持你們的，現在已支持我們；禰御史原是你們的靠山，現已在皇上面前參你們一本；雷損三度求見相爺，都被拒見，這形勢他難道還沒看出來？」蘇夢枕毫不留情地道。

狄飛驚仍處變不驚的道：「你說的是實情。」

「所以你們敗象已露，再不投降，只有兵敗人亡，自討苦吃。」蘇夢枕不留餘地。

狄飛驚淡淡的道：「但京城裡，『六分半堂』還有七萬子弟，他們都是寧可戰死、絕不投降的漢子——」

蘇夢枕立即打斷他的話：「錯了。」

他道：「第一，你們沒有七萬子弟，到昨天爲止，只有五萬六千五百八十二人，不過，昨晚戌亥之際，瓊華島一帶的八千四百六十三人，盡皆投入我方，所以你們今天只有四萬八千一百一十九人，還得要扣除剛死去的花衣和尙。」蘇夢枕不耐煩地道：「第二，你們剩下的四萬八千一百一十八人當中，至少有一半根本不是什麼忠貞之士，剩下的一半，其中也有四成以上的人受不住『金風細雨樓』的威迫利誘，還有的六成數目，至少有三成是不肯爲了『六分半堂』去死的，你們真正可用的人絕不是七萬，而是七千，你不必誇大其辭。」

蘇夢枕推開了樓上一扇向東的窗子，用手一指，道：「第三，你自己看。」

很遠很遠的地方，居高臨下的望去，在灰濛濛的天色裡仍可隱約瞧見，一列列的兵勇，打著青頭布，斜揹大砍刀，刀鑽上的紅色刀衣在斜風細雨裡飄飛，背後是數列馬隊，前有亮白頂子武官，挺著一色長槍，槍上的血擋微揚，特別怵目，黑壓壓的一大隊人，但鴉雀無聲，立在雨裡，一片肅殺。

軍隊並沒有發動，遠處的旌旗，正繡著一個「刀」字。

狄飛驚慢慢的起身，走近欄邊，抬目吃力地遠眺了一會兒，才道：「原來刀南神已率『潑皮風』部隊來了這兒。」

蘇夢枕道：「你們已被包圍，所以雷媚才不敢貿然發動。」

狄飛驚道：「可惜你們也不敢真的下令進攻，因這麼一鬧，動用了兵部實力，只怕鬧了開來，相爺和小侯爺都不會高興。」他頓了一頓才接下去：「除非是我們率先發動，刀南神就可以平亂之名，肅剿異己。」

蘇夢枕道：「你說的對，所以你們也不會貿然發動。不過，京城裡的軍隊我們掌握了兩成，這就是實力，這點實力，你們沒有。」

狄飛驚居然點點頭道：「我們是沒有。」

蘇夢枕道：「所以你們只有投降。」

狄飛驚道：「就算我們願意投降，總堂主也絕不會答應。」

蘇夢枕盯住他道：「做慣老大的人，絕不願當老二，可是，你呢？」

狄飛驚竟毫不在意的道：「我當慣了老二，到哪裡當老二都無所謂，萬一只當老三、老四，也不會有太大的分別。」

蘇夢枕道：「不一定。你還可以當老大。」他調整一下聲調又道：「『六分半堂』的老大和『金風細雨樓』的老大可以並存，只要『六分半堂』的負責人肯向『金風細雨樓』負責。」

狄飛驚嘴角撇了一下，算是微笑：「可惜我一向都習慣對雷損負責。」

蘇夢枕道：「雷損老了，他不成了，你不必再向他負責，你應向你自己負責。」

狄飛驚似乎愣了一愣。

蘇夢枕即道：「當了七、八年的老二，現在當當老大，也是件有趣的事兒。」

狄飛驚微微嘆了一口氣，輕得幾乎令人聽不見。

蘇夢枕道：「你還有什麼意見？」

狄飛驚抬目深注，一會才道：「我沒有了。可是，總堂主總會有他的意見。」

蘇夢枕瞳孔陡然收縮，冷冷地道：「你要問他的意見？」

狄飛驚點點頭。

蘇夢枕目光寒似冰刃：「你自己不能決定？」

狄飛驚看著自己的雙手。

他的雙手潔白、修長、指節有力。

「我一直都向他負責，而他負責了整個『六分半堂』，我總得要問問他的意見，才來考慮我自己的意見。」

蘇夢枕靜了下來。

王小石忽然擔心了起來。

他為狄飛驚而擔心。

——蘇夢枕只要拔刀，狄飛驚只怕就要血濺當堂。

他見狄飛驚如許文弱、又身罹殘疾，真不願見他就這樣身死。

不過蘇夢枕並沒有出手。

他只冷冷的拋下一句話：

「三天後，午時，同樣在這裡，叫雷損來，我要跟他談清楚。他如果不來，一切後果，由他負責。」

蘇夢枕說完就走，再也不看狄飛驚一眼。

三個回合的談判，即告結束。

◇◇◇

蘇夢枕轉身而去，下樓。

他忽然就走，王小石不由自主的跟他下樓，白愁飛本想拒抗，但在這地方確無容他的地方，他也隨蘇夢枕而去。

蘇夢枕就是有這種帶動別人的力量。

雖然他自己像已被病魔纏迫得幾乎盡失了力量。

生命的力量。

蘇夢枕下樓，狄飛驚一動也不動。

隔了半晌，他發現樓下街心的綠傘，一一散去。

又等了一會兒，遠處的馬隊也靜悄悄的離去。

狄飛驚安祥得就像是一個正在欣賞雨景要成詩篇的秀才。

然後他聽到遠遠傳來三兩聲忽長忽短的鐵笛嘯空的聲音，遠處似乎還有人搖著小鼓叫賣。

狄飛驚這才說話：「奇怪。」

他說了兩個字，不過卻不是喃喃自語。

他似乎在跟人說話。

可是，這樓子裡，卻只有他一個人。

——他是在跟誰說話？

他說了奇怪二字，忽有人也說了一句：「你奇怪什麼？」

一人自屋頂「走」了下來。

他也沒有用什麼身法，只是打開屋頂前窗走下來的。屋頂和二樓地板之間沒有什麼樓梯，可是，他就是這般平平穩穩的走下來的。

這人穿著灰袍寬袖，一隻左手攏在右襟裡，走下來的時候，狄飛驚忽然感覺到這真是雨天，真是個陰暗的雨天，真的是陰鬱迫人的雨天！

——這場雨還不知道要下多久？

——雨季過後，就要下雪了。

——下雪的時候，不知道要多久才見到陽光？

這些只在他心裡轉上一轉，嘴裡卻道：「總堂主在屋頂上久候了。」

那老者笑道：「老二，你也累了，先洗洗眼，再洗洗手。」

他這句話一說，就有兩名俏麗的少女，捧了盛水的銀盆和潔白的毛巾上來，小心翼翼的放在狄飛驚身邊的桌子上。

狄飛驚笑笑。

他真的舀水洗眼，然後用白毛巾浸了水，擰得半乾，敷在臉上，白煙嬝冒，過了一會，才掀開毛巾，再浸在水裡，然後又換一個亮麗的銀盆，他把雙手浸在水中，隔了半晌，才慢慢而仔細的洗手，洗得很出神、很用心、很一絲不苟。

老者憑欄遠眺，頸下疏鬚微動，大概是雨裡還掠過了陣風吧！老者的衣袂也略略嬝動著。

狄飛驚很耐心的洗好了眼，洗好了手，他的眼睫毛還漾著水珠，雙手卻抹得十分乾淨，不讓一滴水留在指間。

老者也很耐心的等他完成了這些事情。

他年紀大了，知道一切成功，都得經過忍耐；他年輕的時候比誰都火爆，因此創出了天下，不過，天下是可以憑衝勁闖出來的，可是要保天下，卻不能憑衝勁。

而是要靠忍耐。

所以他比誰都能忍耐。

每當要用人的時候，他更能忍耐；尤其當用的是人才，更需要耐心等待。

他知道很多事都急不來，而有些事更是欲速則不達的，所以他更像一個獵人、一位漁夫一般，佈下陷阱撒了網，便退在一旁養精蓄銳，靜心等待。

忍耐有許多好處，至少可以看清局勢、調整步伐、充實自己、轉弱爲強。一個人不能忍耐，便不能成大事，只能成小功小業。

——而今「六分半堂」當然不是小小功業。

他特別能忍狄飛驚。

因爲狄飛驚是人才中的人才。

狄飛驚有兩大長處，他的長處在京城裡是第一的，絕對沒有人強得過他。

——狄飛驚的一雙手。

——狄飛驚的一對眼。

所以他要特別保養這雙手、愛護這對眼睛。雷損非常明白。

他今天苦心積慮、費心策劃這一場對峙，便是爲了狄飛驚和蘇夢枕的這一場會面，而這一場會面，便是爲了一場談判，這場談判的結果不重要，狄飛驚眼裡看出的結論才更重要。這就是觀察力，如果善於運用，一個人的觀察力絕對比財富還值錢。

蘇夢枕走後，狄飛驚只說了兩個字：「奇怪。」

——為什麼「奇怪」？

——什麼事「奇怪」？

雷損並不太急，他知道狄飛驚一定會向他說出來；無論任何人像狄飛驚說話那麼有份量、判斷那麼精確，他都有權賣個關子，高興時才開口。

狄飛驚終於發話了：「奇怪，蘇夢枕為什麼要這樣急？」

雷損很小心的問：「你是指他急於跟我們一分高下？」

狄飛驚垂著眼、低著頭、看著他那一雙潔白的手道：「他原本不必那麼急的，局勢對他越來越有利。」

雷損沒有搭腔，他在等狄飛驚說下去。

他知道狄飛驚一定會說下去。

——就算狄飛驚不是向他的上司報告觀察的結果，他也一定會說出來，因為一個人有特殊的看法、精采的意見，總是希望有人能欣賞、有人能聆聽。

雷損無疑是一個最好而又最高級的欣賞者、傾聽人。

狄飛驚果然說了下去。

「一個人要這麼急著解決一切，一定有他不能等之處，那便是他的苦衷，一個人的苦衷，很可能就是他的弱點。」

他說到這裡，停住。雷損立刻接下去：「找到他的弱點，就可以找出擊敗他的方法。」

狄飛驚立刻道：「是。」

雷損道：「可是，他的苦衷是什麼？」

狄飛驚的臉上出現了一陣迷惑的神情：「我們不知道。我們只能猜……」

雷損試探著道：「他的身體……？」

這就是他請狄飛驚跟蘇夢枕照面的主要目的：只有狄飛驚才能看得出蘇夢枕是不是真的有病？病得怎麼樣？是什麼病？

——蘇夢枕是個不易擊倒的人，他幾乎沒有破綻，他的敵手也找不出他的弱點。

——但每個人都有弱點，不過高手都能掩飾自己的弱點，且善於把弱點轉化爲強處而已。

——一個人武功再高，都難免一死；一個人身體再好，也怕生病。

——蘇夢枕生的是什麼病？如果別人不能擊垮他，病魔能不能把他擊潰？

這是雷損最想知道的消息。

「他是真病；」狄飛驚莊嚴地道，因爲他知道自己所下的這個判斷足以震動整個京城、半個武林：「他全身上下，無一不病；他至少有三、四種病，到目前爲止、可以算是絕症；還有五、六種病，目前連名稱也未曾有。他之所以到現在還不死，只有三個可能。」

他深思熟慮的道：「一是他的功力太高，能克制住病症的併發；可是，無論功力再怎麼高，都不可能長期壓制病況的惡化。」

他的眼睛又往上睇去，雷損靜靜的等他說下去，他的臉上既無亢奮、也沒憤怒，他的表情只是專心，甚至近乎沒有表情。這是狄飛驚最「怕」的表情，因爲在這「表情」裡，誰也看不出對方內心裡真正想的究竟是什麼：「第二種可能是他體內七、八種病症互相剋制，一時發作不出來。」

「第三種可能呢？」

雷損問。

「奇蹟。」

狄飛驚答。

十八　滿臉笑容

奇蹟。

天下間還找不出理由來解釋的事，還可以有一個解釋，那就是：奇蹟！

「按照道理，這個人的病情，早該死了三、四年了，可是到今天，他仍然活著，而且還可以支持『金風細雨樓』浩繁的重責，只能說是一個奇蹟。」

雷損默然沉思。

像他這種的人、今天的地位，當然懂得話不必多說，但每一句話說出去都重逾千鈞。通常，他反而多聆聽別人說話，只有在多面聽的情況下，他的判斷才能接近正確，說的話才會更加有力。

所以他很小心的問：「你的意思是說：蘇公子本來可以等，不必急，因爲局勢的發展都對他有利，他不必急於解決我們兩幫之間的紛爭……可是，他既沉不住氣，你認爲可能是——」下面的話他便不說下去，因爲下文應該由狄飛驚來接話。

「他不等，便一定有不便等的理由。」狄飛驚立即把話接下去，他一向都知道自己的任務，在一個集團裡，每個人都難免有自己的位份，有的人說話要直接些，有的人說話應該保留些，有的人在做「好人」，有的人就不惜要當「壞人」，在不該說話的時候說話，和在該說話的時候不說話，正如不知自己位份的人一般，遲早會在集團的組織裡淘汰出去。狄飛驚的地位一向穩如泰山，他自知跟自己在行事分寸上的掌握大有關係。「也就是說，這跟我們以前所估計的局勢不一樣。」

「本來是：時間與局勢，都對他有利。」雷損開了個話頭。

「現在是：局勢對他有利，時間卻很可能對我們有利。」狄飛驚道。

「你指的是：他的身體不行了？」雷損問得非常非常的小心、十分十分的謹慎。

狄飛驚目若電閃，迅疾的逡巡了搜上一遍，才自牙縫裡透出一個字來：

「是。」

雷損立即滿意。

他等待的就是這個答案。

這答案不止關係到個人的生死，甚至十數萬人的成敗，整座城的興亡。

因為這個答案是狄飛驚嘴裡說出來的。

有時候，狄飛驚說的話，要比聖旨還有效；因為聖旨雖然絕對權威，但君主仍極可能昏昧，狄飛驚卻肯定英明。

就算他要判斷的對象是雷損，甚且是他自己，他都可以做到客觀公平。

◇◇◇◇◇◇

狄飛驚說完了這句話，用袖子輕輕抹去他額上的汗珠。

——他說這句話，似比跟人交手還要艱辛。

——其實一個人對人對事的判斷力，每一下評處都是畢生經驗，眼光之所聚，跟以全副功力與人相搏的費神耗力應是不分轅輊的。

雷損自屋頂上下來，外頭下著雨，他身上卻不沾上半點濕痕。

狄飛驚這時反問了一句：「三天後之約，總堂主的意下如何？」

他很少問話。

對雷損，他知道自己應該多答，不該多問。

除非他知道他的問題是必須的。

其實在雷損的心目中，狄飛驚的問題往往就像他的答案一般有份量，「既然時間對我們有利，我們何不盡量拖延時間？」

狄飛驚微微一嘆。

雷損立即覺察到，所以他問：「你擔心？」

狄飛驚點點頭。

雷損道：「你擔心什麼？」

狄飛驚道：「他既然要速戰速決，就不會讓我們有機會拖延，而且……」

雷損問：「而且什麼？」

狄飛驚忽改用另一種語調問：「總堂主有沒有注意到那兩個年輕人？」

雷損也忍不住長嘆：「這個時候卻出來了兩個這樣的人，實在是始料未及。」

狄飛驚問：「總堂主知道這兩人是誰嗎？」

雷損道：「我等你告訴我。」

狄飛驚道：「我只知道他們來了京城不到半年，一個姓白，一個姓王，很有點身手，我以爲他們只要再熬三兩個月，只要依然熬不出頭來，便會離開京城，沒料到——」

——「六分半堂」知道有這兩個人，但並沒有把他們放在眼裡。狄飛驚只約束手下，不要去騷擾這兩個似乎「來歷不明、身懷絕技」的青年，因爲他知道，除了真正的勁敵之外，不一定事事都要出手，有些人，只要你對他不理不睬，過一段時候，就會消聲匿跡，根本犯不著爲他動手，這是更明智而不費力氣的做法。

雷損道：「沒料到他們一旦出面的時候，已跟蘇公子在一起，突圍苦水舖、衝殺破板門！」

他提到蘇夢枕的時候，總稱之爲「蘇公子」，不管有無「外人」在場，他都一樣客氣、禮貌、小心翼翼。

這是爲了什麼？

——難道是爲了留個「退路」，以防「萬一」，不致與蘇夢枕派系破裂得無可挽救？

當然沒有人敢問他這一點，但人人都知道：蘇夢枕在人前人後稱呼「雷損」的名字、跟雷損稱呼蘇夢枕爲「蘇公子」是全然不同的兩種態度。

狄飛驚道：「看來，我們真的有點忽略了這兩個不甚有名的人。」

雷損道：「任何有名的人，本來都是個無名之人。」

狄飛驚道：「自今天這一役，這兩個無名人已足以名震京師。」

雷損緩緩的自深袖裡伸出了左手。

他的手很瘦、很枯乾。

驚人的是他的手只剩下一隻中指、一隻拇指！

拇指上還戴著一隻碧眼綠麗的翡翠戒指。

他的食指、無名指及尾指，看得出來是被利器削去的，而且已是多年前留下來但仍不可磨滅的傷痕。

——可見當時一戰之動魄驚心！

——江湖上的高手，莫不是從無數的激戰中建立起來的，連雷損也不例外。

狄飛驚知道雷損一伸出了這隻手，就按下「決殺令」：雷損那隻完好的右手，伸出來的時候，便是表示要交這個朋友；但伸出這隻充滿傷痕的左手，便是準備要消滅掉敵人的時候。所以他立即道：「那兩人雖跟蘇夢枕在一起，但不一定就是『金風細雨樓』的人。」

雷損的手在半空凝了一凝，道：「你的意思是？」

狄飛驚道：「他們可以是蘇夢枕的好幫手，也可以是他的心腹大患。」他不似雷損稱蘇夢枕爲「蘇公子」，但也不似雷滾罵稱蘇夢枕爲「癆病鬼」。

——究竟他不願意稱蘇夢枕爲「蘇公子」，還是他礙著雷損與其對敵，不便作這般稱呼？

有時候，雷損也想過這個問題，不過並沒有答案。

——因爲只有狄飛驚了解人，很難有人能了解他。

雷損把手緩緩的縮回袖裡去，眼睛卻有了笑意：「他們既可以是我們的敵人，也可以是我們的朋友。」

狄飛驚道：「朋友與敵人，本就是一絲之隔，他們先跟蘇夢枕會上了，我們也一樣可以找他們。」

雷損忽然換了個話題：「你剛才爲何不提起婚期的事？」

「蘇夢枕先在苦水鋪遭狙襲，再自破板門殲敵而至，他來勢洶洶在短短的時間內，莫北神的『無髮無天』和刀南神的『潑皮風』部隊全掩捲而至，等於有了七成勝算；」狄飛驚答，「這時候跟他提那頭親事，恐怕反給他小覷了。他是來談判的。」

雷損一笑道：「很好，我們這對是親家還是冤家，全要看他的了。」

狄飛驚的臉上也浮現出笑容：「如果蘇夢枕的氣勢不是今日這般的盛，這頭親事他巴不得一頭磕下去哩！」

這句話似乎很中聽，雷損開懷大笑。狄飛驚也在笑，除非是一個剛自樓梯走上來的人，才會注意到他眼裡愈漸濃鬱的愁色。

樓梯上真的出現了一個人。

那是雷恨。

雷恨道：「刑部朱大人求見總堂主。」

雷損只望了狄飛驚一眼。

狄飛驚眼裡明若秋水，憂悒之色半絲全無。雷損道：「有請。」

雷恨得令下樓，狄飛驚笑道：「刑部的消息可不算慢。」

雷損笑道：「朱月明一向都在適當的時候出現，該來的時候來，該去的時候去。」

狄飛驚也笑道：「難怪他最近擢升得如此之快。」

這樣說著的時候，朱月明便走了上來。

朱月明肥肥胖胖、悠遊從容、溫和親切、笑容滿臉，看去不但不精明強悍，簡直有點腦滿腸肥。

他當然不是一個人來的。

像他在刑部的身份，去一個地方帶三、兩百個隨從，不算是件鋪張的事，可是他這次只帶了三個人來。

一個皮膚黝黑的中年人，一眼望去，雙手似乎拿著兵器上來。

其實那人是空著雙手的。

沒有人敢帶任何兵器或暗器上來見雷損的。

不過那人的雙手，看去不像兩隻手，而似一對兵器。

一對在瞬間足可把人撕成碎塊的兵器。

另一個老人，眉鬢皆白，目光常闔，但在他走路和上樓的時候，鬍子和眉毛像是鐵錫的，晃都不晃那麼一下。

另外還有一個年輕的小伙子，有點害臊的樣子，幾乎是貼著朱月明朱大人的臂膀子而依著。

他好像喜歡站在別人的陰影下。

這樣看去，會讓人以爲他是「變童」，多於隨從。

朱月明一見雷損和狄飛驚，就一團高興的作揖道：「雷總堂、狄老大，近來可發財了！」聽他的口氣，像商賈多於像在刑部裡任職的酷吏。

雷損笑道：「朱大人，久違了，託您的福，城裡越來越不好混，但總得胡混下去。」說著起身讓座。

朱月明眉開眼笑的道：「我哪有福氣，只是皇上聖明，咱們都沾上點福澤而已。總而言之，以和爲貴，和氣生財，不知總堂主以爲是不是？」

雷損心忖：果然話頭來了，口裡答道：「老夫只知道大人不只在刑部裡得意，在生意上也發財得很，朱大人的金玉良言，是寶貴經驗，令人得益匪淺。」

朱月明眉眼一擠，嘻嘻笑道：「其實，在生意上，一向多憑總堂主提點照應，下官才不致於遭風冒險。」

雷損淡淡一笑道：「朱大人言重了，朋友間相互照應，理所當然。」

狄飛驚忽道：「是了，朱大人卻是怎麼得知我們在這三合樓裡，還是適逢雅興，也上來這裡小憩怡情呢？」

朱月明臉色一整，低著嗓子道：「我說實話，『六分半堂』的總堂主和大堂主與『金風細雨樓』的當家，今天在此地會面談判，這等大事，不但傳遍了京城，紛紛忖測，連下官上面的大爺們，也爲之注目，就算是今上……嘿嘿，也略有風聞啦！」

雷損微微一笑道：「這等芥末小事，也勞官爺關注費心，慚愧慚愧。」

朱月明趨前了身子，笑道：「兩位知我身在刑部，許多事情，赫，不得不作些交代，是了，三合樓上一會，卻不知勝負如何？」

雷損和狄飛驚對望了一眼，兩人都笑了。他們都猜得不錯：「六分半堂」與「金風細雨樓」的勝負如何，是全城的人都關心的事情，這朱月明是藉著公事，來探索局勢虛實來了！

——話又說回來，這朱月明一直算是「六分半堂」最有力的支持者之一；原因是：如果「六分半堂」不支持朱月明，那麼，他在刑部裡破案就不見得能這般順利，而且，就算有權，也不見得能有錢。

一個人有了權，自然愛錢，如果錢和權都有了，就要求名，連名都有了，便是要長生不老諸如此類的東西，總之，人的欲望是不會得到完全滿足的。

雷損和狄飛驚都沒有回答，但滿臉笑容，一副春風得意的樣子。

朱月明有些急了，至少有三個上級託他來此一問，他不能無功而返：「兩位，咱們是老朋友了，究竟、究竟你們兩幫誰佔了上風？誰勝誰負？」

狄飛驚笑著說：「你沒見到我們滿臉笑容嗎？」

雷損接道：「你何不去問蘇公子？」朱月明知道一早就有人進去問蘇夢枕了，但他自己這邊廂卻是不得要領。

——不過也有一個收穫。

蘇夢枕與雷損談判的內容雖不清楚，但「事後」只見雷損與狄飛驚笑容滿臉！

一個人能笑得出，總不會太不得意。

看雷損臉上的笑意，簡直就像黃鼠狼剛剛找著了一窩小雞。

所以朱月明回報上司：

「看來是『六分半堂』的人佔了上風。」

「爲什麼？」上頭問。

「因爲雷損和狄飛驚都笑得十分春風得意。」

他的上級雖然感到懷疑，但也只好接受了他這個「推斷」。

十九　兄弟

蘇夢枕和王小石、白愁飛一下三合樓，立即就有人喚他：「蘇公子，」緊接著就問：「你和『六分半堂』這一場會戰，結果如何？」說話的人是在馬車裡。

這部馬車十分豪華，執轡者有三，都是華衣錦服，神情莊穆，看去要說他們是朝廷中的高官、廟堂裡的執事，決沒有人會不相信。

但他們現在只是替他趕車的。

車外站著八個帶刀侍衛，這八個人默立如陶俑，白愁飛一眼望去，便知道其中至少有兩人是當代刀法名家，另外三人是一代刀派掌門，其中一個還是「五虎斷門刀」彭門彭天霸的衣缽傳人彭尖，還有「驚魂刀」的第七代掌門人習煉天，以及「相見寶刀」的繼承人孟空空。

「五虎斷門刀」向不外傳，刀法以厲辣稱著，刀法中有六十四路是專攻人下盤，所以五虎彭門的子弟，就算被打倒於地，都一樣不可輕視。

「五虎彭門」就像「蜀中唐門」和「江南霹靂堂」、「刀柄會」、「青帝門」與「飛魚山莊」一樣，門戶森嚴，權傾一方，有人說，當上這幾個門派的主持人，要比當皇帝還過癮，但五虎彭門上一代掌門人彭尖，刀法在廿五歲前已名滿天下，但三十五歲後竟毅然離開彭門，替人當貼身侍衛。

「驚魂刀」習煉天更是錦衣玉食、極盡奢華的富家子弟，習家驚魂刀本就獨創一格，歷代都有高手輩出，習煉天更有天份，把「驚魂刀」變化爲「驚夢刀」，破舊立新，青出於藍，但他居然也爲車中人的護法。

「相見寶刀」由孟氏一家所創，傳到了孟空空，聲名不墜，而且一向是以正道自居，亦以正道自勵。

但這位孟公子卻只是車中人的護法之一。

——車中人是誰？

白愁飛一向從容淡定，但他現在也不禁引目張望。

車中人一說了那句話，便有兩名白衣人小心翼翼的，替他掀開了華麗柔軟的車簾。

王小石沒有白愁飛那般見多識廣，但一見那兩個掀簾人的手，便暗地吃了一驚。

因爲那兩個掀簾人的手，一隻手掌厚實粗鈍，拇指粗短肥大，而四指幾乎都萎縮回掌中，整隻手掌就似一塊鐵鎚；另一隻手掌軟若無骨，五指修長，像柳枝一般，指端尖細得像竹籤一般，但偏偏一點指甲也不留，

王小石一看便知，兩隻粗鈍如鐵鎚的手掌，至少浸淫了六十年的「無指掌」功力，另一隻軟如棉花的手，至少有三十年「素心指」的柔功和三十年「落鳳爪」的陰勁。

「落鳳爪」是九幽神君的絕藝，「素心指」是一種另闢蹊徑的指法，這兩門指功根本不能並練，能並練而得大成者，只有一人，那便是「蘭花手」張烈心。

既然這人是張烈心，另外一人，就必然是「無指掌」張鐵樹。

這兩人加起來有一個綽號：

「鐵樹開花」。

「鐵樹開花」通常是吉祥的徵兆。

但對張烈心、張鐵樹而言，卻絕對不是這個意思。

「開花」的意思，就像玻璃開花是碎裂的意思一般，凡他倆指掌過處，不管是頭骨還是胸肌，一樣會「開花」，而且非「開花」不可。

連當年苦練「鐵砂掌」的宗師劉宗穆的雙手，也被他們「開了花」。

「開花」還有另外一個意思。

那是別人辦不到的事，在他們的手上，一樣可以順利成功，就像「鐵樹開花」一樣福從天降、得心應手一般。

這獨門指掌都需數十年的功力方望有成，而且習者還要有相當可怕的犧牲，不過，張氏兄弟兩人的年歲加起來，卻還不夠六十——按照道理，兩人合起來連一門「無指掌」的火候都不夠。

故此，「無指掌」絕少人肯練，因為就算練成，也已近風燭殘年，精力消退，練成也難有作為了；至於「素心指」和「落鳳爪」，一正一邪，是兩門全然不同的指功，根本沒有人能同時練成。

不過，「鐵樹開花」卻是例外。

但這對「例外」卻只是替人掀簾子。

——車裡的人是誰？

王小石一向好奇，現在不但好奇，簡直是十分感興趣。

◇◇◇

簾子輕柔華美，簾子一掀，那三名掌轡的、八名侍衛、兩名掀簾的，臉上都現出了必恭必敬的神情。

車裡一個人先探出頭來，然後才下了車子。

——車中人身份無疑十分尊貴，但對蘇夢枕絲毫不敢怠慢。

這人樣子十分俊朗，濃眉星目，臉若冠玉，衣著卻十分隨便，神態間自有一種貴氣。

蘇夢枕停步，笑容一向是他臉上的稀客，現在忽然笑態可掬，拱手道：「小侯爺。」

小侯爺觀察似的看著他的臉色：「看來，你們並沒有動手。」

蘇夢枕笑道：「我們只動口，除非必要，否則，能不動手，就絕不動手。」

小侯爺道：「你這樣說，我就放心了。」

蘇夢枕道：「我們當然也不希望小侯爺爲難。」

小侯爺苦笑道：「公子和雷堂主名動天下，上達天聽，加上數萬人的性命，萬一動手，只怕我也擔待不起。」

蘇夢枕笑道：「小侯爺這一番苦心，我們絕不致辜負。」

小侯爺也一笑道：「有你這句話，我想不放心都不可以了。」隨而又淡淡地問道：「談判得怎樣了？」

蘇夢枕笑道：「很好。」

小侯爺目光起疑，接問道：「很好？」

蘇夢枕道：「的確很好。」

小侯爺疑惑的看了半晌，忽哈哈一笑道：「談話的內容，看來是『金風細雨樓』和『六分半堂』的機密了！」

蘇夢枕微笑道：「待可以公開的時候，小侯爺必定第一個先知道。」

小侯爺輕撫微髯，目含笑意：「很好，很好……」目光落向白愁飛與王小石：「這兩位是『金風細雨樓』的大將吧？」

蘇夢枕道：「他們不是我的手下。」

小侯爺眉毛一揚，笑道：「哦？他們是你的朋友？」

蘇夢枕笑道：「也不是。」他頓了一頓，一字一句的道：「他們是我的兄弟。」

這句話一出口，大吃一驚的是白愁飛與王小石，他們兩個合起來，簡直是大吃二驚！

不是手下，不是朋友。

是兄弟！

◇◇◇

「兄弟」兩個字，對多少江湖熱血心未死的漢子，是多大的誘惑、多大的魔力，是多令人心血賁動的兩個字！

兄弟！

「兄弟」，多少人愧負這兩個字。多少人爲這兩個字如生如死。多少人縱有兄弟無數，卻沒有真正的兄弟。多少人雖無兄弟一人，但卻是天下兄弟無數。多少人稱兄道弟而做著違背兄弟道義的事。多少人無兄無弟卻是四海之內皆兄弟。

兄，弟：

——是怎麼一種禍福相守、甘苦與共，才算是兄弟？

——是手握手、肩並肩、熱血激發了熱血、心靈撞擊了心靈，才能算是俯仰無愧的兄弟！？

◇◇◇

小侯爺似乎微微一愣，即道：「可喜可賀！蘇公子縱橫天下，雄視武林，但卻孤身一人，而今在你婚期將屆，更聞說你多了這兩位結義兄弟！我方某人，也只有欽羨的份兒。」言罷似不勝唏噓。

蘇夢枕道：「小侯爺言重了，京城裡的『神槍血劍小侯爺』，我們這等草野閒民，怎麼高攀得起！」

小侯爺笑道：「我們就別說客氣話了。看公子的神態，我回稟相爺，也算有了交代。」

蘇夢枕道：「那就偏勞小侯爺了。」

小侯爺一笑，道：「蘇公子，但願不久之後，你的樓子裡多幾個分堂，京城裡也能多幾分安定。」

說罷他鑽入車內，馬車開動，仍是三人執轡，兩人守在簾前，八人分佈前後左右，車子消失在大街口。

除了小侯爺這部馬車之外，從蘇夢枕進入市集開始，絕對沒有一個閒雜人進得了來。

當然朱月明是例外。

他也不是「閒雜人」。

他跟小侯爺一樣，是來探聽「金風細雨樓」主持人與「六分半堂」巨頭一會的結果。

——他們探到的是什麼訊息？

◇◇◇◇◇◇

「你猜小侯爺會給相爺一個什麼樣的答案？」蘇夢枕向身邊的莫北神道：「大家都想知道『金風細雨樓』和『六分半堂』的強存弱死、誰勝誰負，誰能有六成把握，便足以奪得先機，可惜，這個答案，我看連我自己和雷損都不知道。我們只知道看起來很多人對我們都很關心，但其實巴不得我們鬥個半死！」

莫北神的一對眼蓋像被人打得浮腫，又似贅肉太多，很不容易才抬得起眼皮，「公子一直在笑。」他的語言很鈍，甚至似乎沒有什麼抑揚頓挫，「會談之後，只要仍在笑，就像是勝利者，至於在會談裡的情形如何，誰也猜不著。」

「笑有時候比拳頭更實用！」蘇夢枕道：「我想刑部和吏部的人派朱大人上去，雷損也一定在笑。」

白愁飛忽然問道：「我可不可以問你三個問題？」

蘇夢枕道：「你說。」

他們一面行去，一面交談。莫北神一路上撤下佈陣與伏樁。

白愁飛道：「第一，剛才那位，是不是京城裡『翻手爲雲覆手雨』，相爺手下第一紅人，『神通侯』方應看？」

蘇夢枕道：「能夠在一次出巡，便有『八大刀王』護法，『鐵樹開花、指掌雙絕』掀簾，契丹、蒙古、女真三位騎術好手掌轡的，天下間除了方小侯之外，恐怕再借十顆太陽去找也找不出第二位來。」

白愁飛點點頭，又問：「你剛才明明可以對狄飛驚下手，先除去對方一名高手，卻爲何不下手？」

「你這句話問得不老實，」蘇夢枕的目光冷冷的回掃，「你明明知道答案，何必問我！」

「那麼說，」白愁飛長吸一口氣道：「你是因爲發覺屋頂上有個高手潛伏著，所以才不下手了？」

「或許我根本不想殺狄飛驚，也說不定，」蘇夢枕道：「你好像已問了三個問題。」

「問題都給你撇開了，」白愁飛道：「有的你根本沒答。」

「問是你的事，」蘇夢枕道：「至於肯不肯回答，那是我的事。」

王小石忽道：「我只有一個問題。」

前面有幾部馬車正候在大路旁。

蘇夢枕緩了腳步，側首看看王小石。

王小石大聲問：「你——你剛才對小侯爺說——我們是兄弟？」

蘇夢枕笑道：「你是聾子？這也算是問題？」

王小石怔了一怔，道：「可是，我們相識不過半日……」

蘇夢枕道：「但我們已同歷過生死。」

白愁飛道：「你知道我們是什麼人？」

蘇夢枕冷冷地道：「我管你們是誰！」

白愁飛道：「你連我們是誰都不知道，如何跟我們結義？」

蘇夢枕翻起白眼道：「誰規定下來，結拜要先查對過家世、族譜、六親、門戶的？」

白愁飛一愣，道：「你——」

王小石道：「你爲什麼要與我們結拜？」

蘇夢枕仰天大笑：「結拜就是結拜，還要有理由？難道要我們情投意合、相交莫逆、有福同享、有難同當這一大堆廢話麼？」

白愁飛道：「你究竟有幾個結拜兄弟？」

蘇夢枕道：「兩個。」

白愁飛眉毛一揚道：「他們是誰？」

蘇夢枕用手一指白愁飛：「你，」又用手一指王小石道：「還有他。」

王小石只覺心頭一股熱血往上衝。

白愁飛深吸了一口氣，忽然說出了一句很冷漠的話：「我知道。」他盯著蘇夢枕緩緩地道：「你要招攬我們進『金風細雨樓』。」

蘇夢枕忽然笑了。

他笑起來的同時也咳了起來。

他一面咳一面笑。

「通常人們在以爲自己『知道』的時候，其實什麼都『不知道』，這句話真是一點也不錯。」蘇夢枕說：「你們以爲自己是什麼人物？我要用這種方法招攬你們作爲強助?你們以爲自己一進樓子就能當大任?爲什麼不反過來想我在給你們機會?世間的人才多得是，我爲啥偏偏要『招攬』你們?」

他一口氣說到這裡，便冷冷的道：「你們要是不高興，現在就可以走，就算今生今世不相見，你們仍是我的兄弟。」

他咳了一聲接道：「就算你們不當我是兄弟，也無所謂，我不在乎。」

王小石一頭就磕了下去：

「大哥。」

廿 豈止於天下第一

白愁飛忽嘆了一口氣道：「你當老大？」

蘇夢枕怪眼一翻：「像我這種人，不當老大誰當老大！」

白愁飛負手仰天，久久才徐徐的呼出一口氣緩緩的道：「我有一句話要說。」

蘇夢枕斜睨著他，道：「說。」

白愁飛忽然走上前去，伸出了雙手，搭向蘇夢枕的肩膀。

師無愧握斬馬刀的手突然露出了青筋。

莫北神浮腫無神的眼忽閃出刃鋒一般的銳氣。

這雙手只要搭在蘇夢枕的肩上，便至少有七、八種方法可以制住他，十七、八個要穴足以致命。

何況這是白愁飛的手！

蘇夢枕卻紋風不動。

他連眼睛都不眨一下。

白愁飛的兩隻手，已搭在蘇夢枕的雙肩上。

沒有蘇夢枕的命令，誰也不敢貿然動手。

白愁飛望定蘇夢枕，淸淸晰晰的叫：「大哥。」

蘇夢枕笑了。

他望望王小石，又望了白愁飛，眼裡都是笑意。

他一笑的時候，寒傲全消，就像山頭的冰溶化爲河川，灌溉大地。

他笑著問：「你們知道我現在的笑容，跟剛才有什麼不同？」

王小石笑得好可愛，搶先道：「剛才是假的，假笑！」

白愁飛也笑了，他的笑意像春風乍吹，皺了一池春水，「現在是真的，真笑！」

蘇夢枕大笑道：「答對了！」

三人一起開懷大笑。莫北神上前一步，瞇著眼睛恭賀道：「恭喜樓主，今天旗開得勝，談判也佔了上風，還結交了兩位好兄弟！」

蘇夢枕笑著道：「你別妒嫉，我的兄弟可是不好當的！他們的第一件差事，便十分棘手。你也不是我的手下，」他一字一句的道：「你和老刀、阿薛、小郭都是『風雨樓』裡的守護神，沒有你們的匡護，『金風細雨樓』說不定早就塌了、潰了、垮了！」

莫北神臉上忍不住出現了一種神色。

激動的神色。

他極力想要忍住。

但忍不住。

這股激動的神色來得劇烈，就像浪花拍擊在岩石上，在他的心湖裡激起了千堆雪。

蘇夢枕忽然問：「刀南神呢？他的『潑皮風』已撤走了麼？」

莫北神半晌才能用一種平靜的語音道：「走了，他要把部隊先調回宮裡，說要到今晚才到樓子向樓主稟報。」

蘇夢枕點點頭，轉向師無愧：「你知道你是我的什麼人？」

師無愧想也不想，立即道：「我是公子的死士，公子要我死，我立即就死。」

「你錯了。」蘇夢枕正色道：「一個人如果真的對另外一個人好，是絕不會希望他為自己死的，你要記住我這句話。」

師無愧道：「可是我願為公子死，死而不怨。」

「那是你的忠心，」蘇夢枕道：「但我寧可你為我而活。」

他頓了頓又道：「你是我的親信，不是我的死士。」

師無愧眼中也有了一種說不出來的神色。

感動？激動？感激？——也許是其中之一，也許都有。

蘇夢枕微微嘆道：「可惜，沃夫子、花無錯、古董和茶花都不在了……要是他們在，看見我新相知的兩位義弟，一定會為我十分高興。」

師無愧眼中掠起一陣淚光。他一向都知道，蘇公子總會在很多時候想起他的弟子、親信，惋惜他們不能同在的，只是這次憶起的時候，花無錯和古董叛變身亡，沃夫子和茶花也受暗算而死，只剩下了暢無邪和自己，但不管叛逆忠誠，蘇夢枕都一樣把他們回憶進去。

——將軍百戰身名裂，

——百戰沙場碎鐵衣；

——古來征戰幾人回？

——一仗功成萬骨枯！

難道要在江湖上建立些功名事業，在人生裡求得些什麼，就非要犧牲這麼大、失去這麼多才能有所獲？

難道站在巔峰上的人，皆不堪回顧？歷盡風霜的人，都不敢回首？

回首暮雲遠。

白愁飛似也不勝感喟。

——他爲什麼感嘆？

——是他也有一段不爲人所知的經歷？一闕低徊不已的傷心史？

一個身懷絕藝的人，近卅歲還沒有人知道他的存在，究竟他有著一段什麼樣不平凡的過去？

王小石的眼神忽然掠過了一陣難以察覺得出來的同情與好奇。

他當然不敢表露他的同情。

因爲這幾個一齊在京城道上行走的人，隨便伸出一根指頭都足以掀起江湖上的一個大浪，他們又怎會讓人同情！

——雖然他們其實極需要人的同情。

江湖上的漢子，是寧可流血不流淚的，每一個人生段落裡的傷心史，一如肌骨裡的瘀傷，在風雨凄楚的懷人寂夜裡，獨自泣訴，暗自呻吟，可是，他們絕不求世人予同情。

你同情他，就是看不起他。

一個真正的漢子，會張開懷抱歡迎你跟他同飲烈酒、殺巨讎，熱烈的與你用拳風迎烈風、利刀碎厲夢，但絕不讓你付予同情。

——只有弱者才喜歡人同情。

王小石的同情，只在深心裡知道自己應該怎麼做，把同情化爲鼓舞，他的好奇則是年輕人的特色。

——年輕人誰不好奇？

可是他把好奇與同情深藏，以他的年紀，不可能知道這些非要在人生境界裡歷遍的感受，他又是誰？怎麼思想比他的年齡超前和成熟？

正在大家都有些黯然的時候，蘇夢枕忽然停步。

因爲他們已來到一個地方。

金風細雨樓。

王小石一看，忍不住說：「那不是樓啊，那是塔！」
蘇夢枕微帶欣賞的問：「這兒是什麼地方？」
王小石道：「山。」
蘇夢枕又問：「什麼山？」
王小石想了想，道：「天泉山。」
蘇夢枕再問：「天泉山上有什麼名勝？」
王小石這次連想都不必想：「當然是天下聞名的玉峰塔，還有塔下的『天下第一泉』。」
蘇夢枕笑道：「這不就是嘍！『金風細雨樓』要創幫立業，不設在這裡，更設於何地？」
王小石愣了愣，道：「你說得對！」
白愁飛忽然道：「豈止於天下第一。」

白愁飛這句話一說，蘇夢枕目光一爍，似乎微微一震，但卻淡淡的說：「你這話是何意思？」

「如果作為京城第一大勢力，甚至江湖上的天下第一幫，『金風細雨樓』早已辦到，」白愁飛輕問王小石：「天泉山寶塔的傳說你有沒有聽說過？」

「有。」王小石道：「相傳這兒是一片水澤，人們只能在周圍的高地上耕作，每逢夏天，湖中有一柱激泉，噴百丈高，大家都說這兒是海眼。」

白愁飛目覽周遭的湖光山色、平原美景：「可是現在已經是勝景良田了。」

王小石道：「據說後來有個地方官，決心把海眼填平，擔山抬石，填了五年，依然填不了。後來卻來了七個人，是結義兄弟，其中老大說：『讓我們來解決這件事。』他動用了幫中七萬人，在海眼北峰高坡上，丈量尺寸，依山勢堆起了一個大饅頭。」

「對，那七位結拜兄弟中，以姓李的老大馬首是瞻，他既這樣提議，其他幾位兄弟便群策群力，其中陶二率人生起風爐煉鐵成漿，恭三調派分配人手把鐵漿潑在饅頭山上，麥四精於木工奇門、估量地勢水力，錢六則善於理財，為此浩大工程募捐籌款，商七則負責運輸架火器具，共鑄冶了三個月，三個月內，夜以繼日，蒼穹通紅。這個工程的主要策劃安排者，卻是柳五。」白愁飛道：「柳五一直是李大的好幫手。」

「是。」王小石道：「後來，鐵鍋終於鑄冶好，七兄弟再集力出手一推，那大鐵鍋便呼嚕呼嚕的滾下山坡，不偏不倚的封住了海眼。他們趁此下水奠基，把鐵鍋牢固的扣在海眼上，這兒才成了良田，種出來的稻米，又香又滑，又多又大，據說連『飯王』張炭，也說過：『京西稻米，天下之冠』的話。」

蘇夢枕道：「聽來真似個神話。」

王小石說：「我本來也以為是個神話，但後來聽前輩們說起，那七兄弟原來就是當年『天下幫』七大開幫鉅子。這樣看來，似乎真有這麼回事了。」

白愁飛道：「不過這樣填塞海眼的方法，未免有點神化。」

「也許是因為所有的『奇蹟』都難免帶有點神化的味道，再經被人誇張、訛傳，那就更似神話了。」蘇夢枕道：「早建於南北朝時期登封的嵩岳古寺，全以泥漿砌成，形成緩和的拋物狀；而木蘭陂更以條石疊砌而成，甚至在秦時已在湘水、灕水的分水嶺最低處開鑿長渠，連接了長江、珠江兩大流域，兼通航、灌溉之便；戰國時期的都江堰，把岷江分為內、外江，控制灌溉水量，迄今仍有防洪、運輸、灌溉、測量的作用。至於陸州的江東橋的跨徑巨大石樑，更令人嘆爲觀止，我們有萬里長城、恒山懸空寺這等氣勢恢宏的建築，還有什麼是不可思議的事！」

白愁飛點頭道：「看來神話不過是夢想，夢想是理想的再進一步，人要達到理想，並不是件不可能的事。」他的眼光逡巡在那圍繞在七層古塔外四座古雅的高樓。「『金風細雨樓』的建立，本來就是件不可能的事。」

王小石眼睛亮得就像兩盞燈：「真好，我們現在就置身在不可能的事情當中。」

白愁飛道：「不過，你說的故事，還說漏了一點。」

王小石想了老半天：「我記得的都全說出來了。」

「那是因爲你未曾聽說過之故。」白愁飛道：「這玉峰塔下的天泉水池裡，還有一座塔，只露出水面半截，叫做鎮海塔。」

王小石咋舌道：「塔下還有塔？水中塔？」

白愁飛用手遙指道：「你從這兒望過去，可以隱約看到。」王小石順著他手所指望過去，果見一只巨大石筍般的白色塔尖，露出水面。白愁飛道：「你可別小看這半截塔，人稱『鎮海眼石』，每次水漲塔就長，水降塔也落，據說下面有著一條金龍守護東城，水一長，牠就馱塔往上竄，水一落，牠也負塔往下沉，永遠扣塞著海眼，所以水流才永遠淹沒不了京城。」

王小石笑道：「好聽是好聽，不過當真是神話了。」

白愁飛道：「這神話還有下文。據說京城水退之後，只有一個缺口仍噴出清泉來，如珠似玉，淸甜可口，人稱『天泉』。前朝有一個皇帝，在宮裡住厭了，便來天泉山的行宮小住，聽說那大金龍馱塔鎮水的故事，要刨根問底，叫了三萬閘工，先堵住水道，再一直往下挖，挖出了七層石塔，預計建築的架構應有九層，正要命人挖掘下去的時候，工匠師傅全部違抗聖旨，寧死不敢動手。皇帝親去察看，才發現這座塔竟是用一塊巨石鑿成的，鬼斧神工，決非人所能爲，而石塔壁上發現兩行詩：『天泉山下一泉眼，塔露原身天下反』，那皇帝大吃一驚，非同小可，即令人塡土掩坑，把塔保持原狀，仍任由水淹塔身，以保江山。」

他說完這番話後，雙目平視蘇夢枕，道：「你在天泉山上創建『金風細雨樓』，究竟是爲玉泉、還是爲了石塔、抑或是爲了那塔下塔的十四個字？」

蘇夢枕臉上沒有表情。

但目光寒意似冰。

自結義一事之後，蘇夢枕一向陰寒的臉上都漾著笑容，現在突然又起寒了。

王小石忽然覺得冷。

——給那樣的眼色看過，就像被冰鎮過一般。

王小石忽然插口道：「『金風細雨樓』又不建在水中，我看那四方樓閣才是重地。」

白愁飛道：「爲什麼？」

王小石道：「四座樓，主色是黃綠紅白，就算有敵來犯，誰能分辨得出哪一幢樓才是總樞，那一幢樓其實只是機關陷阱！」

蘇夢枕這時才開口，道：「你們都錯了。」

「『金風細雨樓』是我。」

「我就是『金風細雨樓』。」

「『金風細雨樓』活在我心中，活在每一個『金風細雨樓』的人的心裡，誰都毀不掉它，旁人都只知道它曾做過什麼，都猜不著它還要做什麼。」

然後他率先提步前行，一面道：「我們先去『紅樓』歇歇。」

「紅樓」雕欄玉砌，極盡輝煌絢麗，看來是個設宴、待客、備筵之處。

——那麼，其他三幢樓又是屬於何種性質？

廿一　我願意

白愁飛剛在思索著這個問題的時候，忽然發覺王小石從後面偷偷的扯了扯他的衣袖。

他只好走慢了一些。

王小石低聲道：「你剛才把我聽來的傳說作了一點補充，我要報答你。」

白愁飛笑道：「我平生最喜歡人報答。我是個標準的施恩望報者。」

王小石道：「我是認真的。你有沒有聽說過，自古以來很多敢廷前面諫的忠臣，往往沒有什麼好下場！」

白愁飛略一沉吟，即負手笑道：「那是因爲忠臣太直。誰也不愛聽人教訓，有時當然難免想把喜歡教訓人者的嘴巴封了。但我像是個直心腸的人嗎？」

「你不像。」王小石嘆道：「可是忠臣除了太直之外，可能也太自恃，以爲理直就是一切，可是這世界上沒有一個做錯事的人會希望你當眾指出他的錯誤，自以爲是的人也應將心比心，己所不欲，何施與人？沒有考慮到這一點的人，自然難免要承擔這個可能導致的後果。」

白愁飛沉默。

王小石道：「還有一個故事，曹操出兵攻打一地，屢攻不下，後方又告失利，有意退兵，在來回踱步苦思之際，脫口說出：『雞肋、雞肋』一句，部下都百思不得其解，有個聰明人聽了，便說：我們快收拾行裝吧，丞相要退兵了。同僚忙問他何以作出這個判斷？聰明人說：雞肋是食之無味、棄之可惜之意，此即退志已萌、但仍舉棋未定之際。人人聽了，覺得有理，準備撤走。曹操發現這種情形，一問之下，大吃一驚，心道那聰明人怎麼能知他心中所思……」

說到這裡，王小石道：「你猜曹操把那聰明人怎樣處置？」

白愁飛眼也不眨的道：「殺了。」

王小石道：「你覺得那曹操這樣做法好不好？對不對？」

白愁飛道：「不好，但做得對。兩軍交戰之際，主帥尚未發令，聰明人自作聰明，影響軍心，沮散鬥志，作爲主將的，當然要殺之以示眾。」

王小石輕輕一嘆道：「可是，如果一個人太聰明了，禁不住要表露他的聰明，這樣招來了殺身之禍，未免太不值得了。」

白愁飛微側著臉，白眼梢盯住王小石，道：「你說的不是故事，而是歷史。」

王小石道：「其實也不止是歷史，而是寓言。」他也望定白愁飛道：「歷史的特色是過不久就會重演一次，寓言的妙處就是諷刺人的行爲往往超越不了他們的模式。」

「你不是在說歷史，而是在說我。」白愁飛負手望天，長吸一口氣，道：「我明白你的意思。」然後他再慎重的補充了一句：「但我還是做我自己。」

這時，一個人正自「紅樓」裡走出來。

這個人年輕英朗，額上有一顆黑痣，舉止斯文儒雅，得體有禮，身形瘦長，比常人都高出老大一截。

他含笑點頭，與白愁飛和王小石打招呼。

王小石和白愁飛卻不認得這個人。

這個人已把兩本厚厚的書冊，雙手呈遞向蘇夢枕。

蘇夢枕接過來，皺著眉，各翻了幾頁。

誰也不知道他在看什麼？

除了蘇夢枕和那個人，誰都不知道蘇夢枕爲何在進入「紅樓」的大堂前，就站在石階上先行翻閱這兩冊本子。

——難道接下去的行動，蘇夢枕要參考手上的本子辦事？

◇◇◇

在一旁的莫北神忽道：「兩位，這是楊總管楊無邪。」

那年輕人拱手道：「白大俠，王少俠。」

王小石道：「你怎麼知道我姓白？」

白愁飛道：「你怎麼知道我姓王？」

「兩位怎麼開起我的玩笑來了？」楊無邪向王小石道：「你是王少俠，」然後又轉向白愁飛道：「他才是白大俠。」

白愁飛道：「我可沒見過你。」

蘇夢枕忽道：「但我們卻有你們二人一切重要的資料和檔案。」

他把其中的一本卷冊翻至某頁交給楊無邪，楊無邪即朗聲讀道：「白愁飛。二十八歲，個性瀟灑傲慢，常負手看天，行蹤無定，出手向不留活口，左乳下有一塊肉瘤，約小指指甲大小……」

白愁飛冷笑道：「真有人偷看過我洗澡不成！」

蘇夢枕沒有理會他，楊無邪依舊念下去：「……曾化名爲：白幽夢，在洛陽沁春園唱曲子；化名白鷹揚，在金花鏢局裡當鏢師；化名白遊今，在市肆沽畫代書；化名白金龍，其時正受赫連將軍府重用；亦化名白高唐，在三江三湘群雄大比武中奪得魁首……」

王小石聽著聽著，臉上越發有了尊敬之色：白愁飛所用名號之多，充分反應了他過去歲月的顛沛流離、懷才不遇。

白愁飛的臉色漸漸變了。

他深深呼吸，雙手放在背後，才一會兒，又放到腿側，然後又攏入袖子裡。

因爲，那些事，本來只有他自己知道。

天下間除了他自己，便不可能有人知道。

可是，對方不但知道，而且彷彿比他記得更清楚，並記入了檔案之中。

楊無邪繼續念道：「……此人在廿三、廿六歲時兩度得志。廿三歲時曾以白明之名，在翻龍坡之役，連殺十六名金將，軍中稱之爲『天外神龍』，統率三萬兵馬，威風一時，但旋在不久之後，成爲兵部追緝的要犯。另外在廿六歲時……」

白愁飛輕輕咳嗽，臉上的神色開始尷尬起來。

「後來又爲『六分半堂』外分堂所極力拉攏的對象，幾乎成爲第十三分堂堂主。還有……」

蘇夢枕忽道：「不如讀一讀他的武功特色和來歷。」

楊無邪道：「是。白愁飛的師承：不明。門派：無紀錄。父母：不詳。妻室：無。兵器：無定。」

白愁飛臉上又有了笑容。

楊無邪緊接著念道：「他的絕技近似於當年『江南霹靂堂』中一脈分支：『雷門五虎將』中雷捲的『失神指』，只不過雷捲用的是拇指，白愁飛卻擅用中指，他的指法也有不同，有人說他把當年『七大名劍』的劍法全融匯指法中──」

白愁飛忽然叫道：「好了。」

蘇夢枕冷冷的點了點頭。

楊無邪立時不唸下去。

白愁飛用口水稍微滋潤了一下乾唇，才道：「這份資料在『金風細雨樓』有幾人能看得到？」

蘇夢枕冷冷的眼色彷彿能數清他額上有幾滴汗：「連我在內，三個。」

白愁飛長吸一口氣，道：「好，我希望不會有第四人聽到。」

蘇夢枕道：「好。」

白愁飛彷彿這才放了心，舒了口氣。

王小石咋舌道：「好快，我們才在路上結識，這兒已翻出他的資料了。」

莫北神笑道：「所以三合樓之役，趕赴破板門的是我，而不是這位楊總管。」

蘇夢枕向王小石笑道：「你說錯了。」

王小石奇道：「說錯了？」

蘇夢枕道：「不止是他，而是你們。檔案裡也有你那份。」

他一示意，楊無邪就念道：「王小石。天衣居士衣缽傳人。據查悉，天衣居士此人很可能就是……」

蘇夢枕和王小石一齊叫道：「這段不要讀！」

楊無邪陡然止聲。

蘇夢枕和王小石都似鬆了一口氣。

蘇夢枕這才道：「讀下去。」

楊無邪目光跳越了幾行文字，才朗讀道：「王小石的兵器是劍。劍柄卻彎如半月。懷疑是跟蘇公子的寶刀『紅袖』、雷損的魔刀『不應』、方應看的神劍『血河』齊名的奇劍『挽留』。」

白愁飛忍不住「啊」了一聲道：「原來是『挽留奇劍』。好個『血河紅袖，不應挽留』！」

王小石聳了聳肩道：「挽留天涯挽留人，挽留歲月挽留你。它就是挽留，我就是使挽留的人，只看誰是要被挽留。」

楊無邪等了一會，才繼續道：「王小石感情豐富，七歲開始戀愛，到廿三歲已失戀十五次，每次都自作多情，空自傷情。」

王小石叫道：「哎唷。」

白愁飛眉開眼笑的道：「怎麼了？」

王小石急得搔首抓腮：「怎麼連這種事情都紀錄在案，真是……」

白愁飛笑嘻嘻道：「那有什麼關係！你七歲開始動情，到廿三歲不過失戀十五次，平均一年還不到一次，絕不算多。」

王小石頓足道：「你——這——」

楊無邪又繼續念下去：「王小石喜好結交朋友，不分貴賤，且好管閒事，但與不諳武功者交手，絕不施展武藝欺人，故有被七名地痞流氓打得一身痛傷、落荒而逃的紀錄，是發生在——」

王小石忽然向蘇夢枕道：「求求你好不好？」

蘇夢枕斜瞄了他一眼，好整以暇的道：「求我什麼？」

王小石愁眉苦臉地道：「這些都是我的私事，你可不可以行行好，叫他不必讀出來？」

蘇夢枕淡淡地道：「可以。」

楊無邪立時停了下來，手一揮，立時有四個人出來，兩人各捧厚帙，兩人守護，走向「白樓」。

——難道「白樓」是收藏資料的重地，就似少林寺的「藏經樓」一樣？

蘇夢枕微微笑道：「我們的資料組，是楊無邪一手建立的，對你們的資料，收集得還不算多。」他似乎對自己的「手下」十分自豪。

王小石喃喃地道：「我明白。對我們這兩個藉藉無名的人，已記載如此周詳，對大敵如雷損，資料更不可勝數、更詳盡入微，可想而知。」

蘇夢枕道：「錯了。」

王小石迷惘了一下：「又錯了？」他苦笑道：「我今天跟錯神有緣不成？」

蘇夢枕道：「我們有雷損的卷宗七十三帙，但經楊無邪的查證，其中可靠的最多不超過四帙，這四帙卷宗裡，其中有很多資料還頗爲可疑，可能是雷損故意佈下的錯誤線索。」蘇夢枕目光中已有了嘉許之色，「楊無邪外號『童叟無欺』，他的眼光和判斷力未必能勝狄飛驚，但收集資料的耐性和安排佈置的細心，又非狄飛驚能及。」

楊無邪一點也沒有驕傲。

也沒有謙遜。

他只是低聲地道：「公子，樹大夫到了，你腿上的傷……」

蘇夢枕道：「叫他先等一等。」看來「金風細雨樓」樓主的權威，不但可以請得動御醫親至診療，還可以要御醫苦候他這個病人。蘇夢枕眉頭深鎖，嘆道：「剛才在三合樓，狄飛驚藉他垂首的時候不住觀察我腿上的傷勢，如果他認為有機可趁，雷損立即就會從屋頂上下來跟我動手，可惜，他們察覺我腿上的傷，不如他們期望中的嚴重，唉，沃夫子和茶花捨身相救，但他們……」

說到這裡，語音哽咽，一時說不下去。

王小石忽道：「大哥腿上的傷，也流了不少的血，應該休歇一下。」

蘇夢枕道：「有一件事，剛才沒這一聲『大哥』，還不能告訴你們，現在你們既已喚了這一句，我倒不能不告訴你們。」

王小石和白愁飛都專神凝聽。

蘇夢枕道：「剛才我說的方小侯爺，他是支持我們『金風細雨樓』的人。」他頓了頓，又道：「不過，這個人絕對不可忽視，也不能忽視。他在朝廷裡說話極有份量，在武林中地位也舉足輕重。」

王小石忍不住問了一句：「為什麼？」因為小侯爺比他還要年輕，年輕人總是對比自己更有成就的年輕人感到不服氣，就算是再有氣度的人，起碼也會有些酸溜溜。

蘇夢枕道：「原因太多了，其中之一，就是他有個好父親。」

白愁飛失聲道：「難道是……」

蘇夢枕點頭。

王小石依然不解：「是誰？」

白愁飛道：「你沒聽到剛才楊兄說過：『血河神劍』就在方應看手裡嗎？」

王小石一震，道：「他父親是……」

蘇夢枕道：「便是三十年前武林公認的名俠方巨俠。」

白愁飛冷笑道：「有這樣的父親，兒子何愁無成！」

蘇夢枕道：「不過，方小侯爺也的確是個傑出的人才。方巨俠無心仕途，朝廷爲籠絡他，封他爲王爺，但他視如糞土，他仍仗劍天下、雲遊四海，但方應看卻懂得要成大事，必須借助官方勢力，所以他這個小侯爺，也是皇上跟前的紅人。這點手段，方巨俠反而無法做到，這是方應看的高明處。」

白愁飛想了想，才道：「你說得對。這種人，年紀輕輕的就看透這一點，委實不可輕視。」

王小石忽道：「有一件事，你還未曾交代。」

這次倒是蘇夢枕爲之一愣，道：「哦？」

王小石道：「你剛才不是說，要交給我們一項任務嗎？」

蘇夢枕笑了：「好記性。不是一項，而是兩項，一人一項。」

王小石道：「不知是什麼任務？」

蘇夢枕道：「你急著要知道？」

王小石道：「既已和大哥結義，便不想吃閒飯。」

蘇夢枕道：「很好。你看三日後之約，雷損會不會踐約？」

王小石道：「只要有利，雷損便會去。」

蘇夢枕道：「這約定是我先提出來的。」

王小石點頭道：「如果局勢對『金風細雨樓』不利，你絕不會主動提起。」

蘇夢枕道：「既然對『六分半堂』不利，你看雷損如何應付？」

王小石道：「他不會去。」

蘇夢枕道：「他是一方霸主，又是成名人物，怎能說不去就不去？」

王小石道：「他一定有辦法找到藉口，而且，也會加緊防範。」

「這次說對了。」蘇夢枕道：「其中一個藉口，便是他的女兒。」

王小石奇道：「他的女兒？」

蘇夢枕道：「還有一個月，他的女兒便是我的夫人。」他淡淡地道：「相信你聽過『和婚』這兩個字。」

「和婚」原是漢朝與異邦訂盟一種常見的手段，沒想到「六分半堂」的總堂主雷損對「金風細雨樓」的蘇夢枕也用上了這種「技倆」。

白愁飛忽插口道：「這種婚事你也同意？」

蘇夢枕道：「我同意。」

王小石也說道：「你願意？」

——這當然有點不可思議。

蘇夢枕道：「我願意。」

他淡淡地道：「這樁婚事，原本就是家父在十八年前就訂下來的。」

「十八年前，『六分半堂』已是京城裡舉足輕重、日漸強大的幫會。家父蘇遮幕才剛剛建立『風雨樓』，連總壇都尚未建立，只可以算是『六分半堂』陰影與庇護下的一個組織，雷損那時候才見過我一次，就訂下了這門親事。」蘇夢枕道：「二十九天後，就是婚期。」

白愁飛冷笑道：「你大可反悔。」

蘇夢枕道：「我不想反悔。」

白愁飛道：「你要是怕人詬病，也可以找藉口退婚。」

蘇夢枕道：「我不想退婚。」

白愁飛問：「爲什麼？」

蘇夢枕道：「因爲我愛她。」

廿二 名目

當一個人表示他的苦衷就是「愛」的時候，很多話都可以不必再說了。

他的「理由」已經充分。

但當蘇夢枕提到「愛」字的時候，王小石和白愁飛臉上禁不住都有點詫異之色。

——像蘇夢枕這樣一個冷傲、深沉、握有重權的領袖，突然說出「愛」字來，未免讓人感覺突兀。

其實，很多人都忽略了，領袖也是常人，不是神，他們可能因站在高處，愈發少人了解、愈發孤寂，樓高燈亦愁，山高風更寒，凡領袖人物，心裡一定更需切友情、親情與愛情。

所以當蘇夢枕說出他心裡感受的時候，臉上所籠罩的神色，眼裡所流露的神采，跟少男在戀愛的時候，竟是沒有什麼兩樣的。

人只要還懂得戀愛，就是一種幸福。

且不管有沒有被愛。

◇◇◇

白愁飛情知自己問多了，話也說多，乾咳一聲道：「哦，這，所以嘛！我看……」

蘇夢枕微笑道：「所以，我有必要在跟雷小姐成婚以前，先解決掉『金風細雨樓』與『六分半堂』之爭。」

雷家小姐一旦過了門，兩造就是親家了——親家的事最好辦，也最不好辦，因爲一旦成了親家，就要講親情，許多事便不能大刀闊斧的處理了。

——更何況這一門「和婚」，究竟是蘇夢枕被「和」了過去，還是雷家小姐被「和」了過來，連蘇夢枕和雷損都殊無把握。

蘇夢枕的眼裡閃著跟他姓名一般的迷惘：「聽說，雷姑娘早就從杭州動身，已來到京城了，不知她還是不是喜歡唱歌彈琴？」

這句話沒有人能相應。

幸好蘇夢枕立即轉移了話題：「所以，我們就得要製造既成的時勢，逼得雷損不得不談判，非談判不可。」他的目光竟全變了一種神情，「就算不談判，也唯有決戰。」

他一個字一個字的吐出來：「決一死戰，是『金風細雨樓』與『六分半堂』在所難免的結局。」

◇◇◇

這個結局究竟如何，誰都不知道，但其過程無疑一定十分可怕。

凡是要用人的血與淚所拚出來的「結果」，再完美的收場、再幸運的局面、再澈底的勝利都難以補償那過程裡的悲哀慘痛。

如果「金風細雨樓」與「六分半堂」的對峙一天不解除，血就會流得更多，人也會死得更多。與其延宕不決，不如速戰速決。

就算「和婚」，也只是另一種方式的「戰鬥」。

雷損希望「和婚」能動搖蘇夢枕的戰志。

偏偏蘇夢枕又不能不接受。

因爲他不得不和雷損對抗，但偏偏愛上了他的女兒。

命運，似把這幾個人綰結在一起，讓他們浮沉，讓他們掙扎，讓他們糾纏在其中，而它以一雙冷眼看人性在爭鬥中發出火花。

且不管是萬丈光芒，還是如螢蟲之火。

◇◇◇

王小石很認真地說：「『金風細雨樓』與『六分半堂』真的不能和平共處嗎？」

蘇夢枕道：「如果只是我蘇某和他雷某的事，那麼事情並不難解決，但牽扯到一樓子和整堂口裡的人，就算我們想化干戈爲玉帛，我們的人也不可能就此算數。」

人一多，問題就複雜了。

個人的問題還好解決，但一旦牽涉到社團、家族、國家、民族之間的恩怨，那就更不容易化解了。

這點道理王小石是明白的。

所以他說：「『六分半堂』在外面所作所爲，我算是領教過了，如果我要幫『金風細雨樓』，那是名正言順的事。」

蘇夢枕立即搖首：「錯了。」

王小石奇道：「什麼錯了？」

蘇夢枕道：「不要太斤斤計較名不名正，言不言順，江湖上有許多事，名雖不正但心正，言雖不順但意順。大凡幫會、組織的鬥爭牽扯必鉅；不可能一方面全對，一方面全不對；也不可能闔幫上下，無一壞人；亦不可能堂裡子弟，無一好人。你要幫朋友，兩肋插刀，在所不辭，但這未必是主持公道，未必是名正言順，若真正要幫朋友，根本就不必管這些，幫就幫，扯什麼公道公理!?」

王小石道：「不行。如果朋友行的是傷天害理的事，我難不成也跟著傷天害理？如果敵人是仗義衛道，就算是仇人，我也要相幫。」

自愁飛截道：「我不是。誰幫我，我就幫他。誰對我好，我就對他好。」

蘇夢枕對王小石森然道：「你要是堅持，我絕不勉強，從道兒走出去，在『金風細雨樓』的地盤裡，絕沒有一個攔你的人。」

白愁飛冷冷地補了一句：「只不過，今天的事一鬧，『六分半堂』早已把我們當作巨讎大敵。」

王小石道：「誰說我要走？」

白愁飛冷眼一翻：「不走你又儘在這兒廢話什麼？」

王小石強硬地道：「我只是要問清楚。」

蘇夢枕道：「你還有什麼要弄清楚的？」

王小石道：「錢。」

蘇夢枕一愣。

白愁飛失笑道：「沒想到。」

王小石道：「沒想到什麼？」

白愁飛道：「像你這麼一個人，會那麼注重該拿幾兩銀子的事。」

王小石道：「錯了。」這是蘇夢枕剛說過的話。

這次輪到白愁飛奇道：「錯了？」

王小石堅定地道：「我只是在問『金風細雨樓』的經濟來源。」他審慎的神色已遠超乎他的年齡：「我知道『六分半堂』包賭包娼，暗地裡還打家劫舍、偷騙搶盜，無所不爲，如果『金風細雨樓』也如是，都是一丘之貉，我爲啥要相幫？」

師無愧臉上已出現怒色，抓刀的手背突然露出怒色，蘇夢枕忽道：「無邪。」

楊無邪道：「在。」

蘇夢枕道：「你扶無愧進去，先叫樹大夫跟他治治，他的血流了不少。」

楊無邪道：「是。」

他明白蘇夢枕的意思。

然後蘇夢枕對王小石和白愁飛道：「你們跟我來。」

他走向乳白色樓子。

◇◇◇

這樓子裡每一層，都有不同的作業。

但作業的性質卻是相同。

除了底層是議事之地外，譬如第二層是書庫，「金風細雨樓」似乎很鼓勵手下多讀些書；第三層是鴿組的聯絡網，任何來自或發予「金風細雨樓」的函件訊息，都以此處爲總接送；第四層是各家各派武功資料的收藏，「金風細雨樓」在這方面收集的資料，還加以批注，這些批校的意見，足以對天下間各宗各派的武學產生極深鉅的影響力。

他們只上了五層樓。

第五層樓裡，有各式各樣的簿子。

賬簿。

也有各式各樣的卷宗。

契約。

只要是做生意、搞買賣的，都不能少掉這兩件東西，而且，想要一個組織成功而有效率地運作，這兩項就必須要完善健全。

總共有三十二個人在這兒埋首苦算。

這兒的主音並不是交談，而是算盤蹓達的聲音，和下筆沙沙的微響，每個人都是運指如飛，不是在算賬，便是在記錄。

周圍的人都很安靜，很安祥，有的人甚至一面抽著煙桿，吸著鼻煙壺，一面工作，這樣看去，工作得雖然悠閒，但絕不怠懈。

這兒安寧得似乎並不需要守衛？

可是會真的沒有人戍守嗎？

王小石和白愁飛都知道，越是看不見的防守，是越可怕的防守。

——這五層樓都不是個人資料的貯存之地。

——個人資料究竟擺在哪裡？第六層？第七層？

——上面的幾層樓，又是什麼世界？

現在誰都看得出來，這樣的一棟樓宇，係掌握了「金風細雨樓」的總樞，這龐大組織的一切運作，都得要靠這兒的文件和作業來維持。

而且誰都看得出來：

「金風細雨樓」是一個嚴密的組織。

蘇夢枕是一個嚴密的組織人。

白愁飛唯有嘆道：「你實在不該帶我們來這地方的。」
蘇夢枕道：「爲什麼？」
白愁飛道：「因爲這是『金風細雨樓』的要樞，多一個人知道，總是不宜。」
蘇夢枕淡淡的道：「你們不是外人。」
白愁飛道：「萬一我們拒絕加入，反目成仇，我們豈不是成了外人了！」
蘇夢枕淡淡的道：「你們不會。」他轉過頭去看這兩個人，問：「你們會麼？」
然後他不待兩人回答，即道：「這個問題你們不必回答，絕對不需要人回答。」
——這種問題只能靠行動表現，不能聽回答，因爲世上再好聽的話，絕對都可以從人類口中說出來，正如再惡毒的話一般，口是而往往心非。
他長吸一口氣，說得很慢：「我帶你們上來這裡，只是因爲三弟他要了解我們的經濟來源；」說到這裡，他又劇烈地嗆咳起來，使人感覺到他的喉頭就似腿上的傷口，不住的冒湧著鮮血，「一個人自以爲他了解的時候，通常其實並不了解。『金風細雨樓』的建立。非一朝一夕，怎會讓你們匆匆一瞥，就能掌握得到？」

他平伏喘息，手撫胸口，良久才道：「以前，很多人都以為他們已經足夠了解『金風細雨樓』，結果，他們不是死了，就是失敗了，或者，加入了『金風細雨樓』，成為其中一員。」

他笑笑又道：「其實不僅是這樣子，不但『金風細雨樓』如此，『六分半堂』也如此。沒有人可忽略已成的勢力，也不可以忽視傳統的力量。」

「你這些話我會記住。」白愁飛道：「一定記住。」

王小石只覺得很感動。

感動得一句話也說不出來。

因為他才不過說了一句話，蘇夢枕已帶他連上了五層樓，目睹了「金風細雨樓」的五個機要重地。

在蘇夢枕這種人面前，實在不需要太多的話。

尤其是廢話。

因為他一對被病火燃燒的銳眼，彷彿已把事物看穿，把人心看透。

王小石忽然覺得並不佩服。

對蘇夢枕，佩服不足以表達這一種敬意。

更準確的字眼是——崇拜。

蘇夢枕指著那些一個個長方格子道：「那些便是我們經濟來源的紀錄。由我們經營的事業有鹽幫、運糧、押餉、保鑣、戍防、鐵器、牲口、商旅等等，我們製造的兵器包括弓箭、暗器、火炮、內外門兵刃，另外手上更有大批鐵工、竹工、籐工、瓦工、織工、木工、船工等，隨時可雇用出去。我們有大批受過訓練的戰士，就連朝廷防禦、邊防軍事，也會借重到我們，今天你們看到刀南神所率的『潑皮風』，就是其中一支隊伍。」

他頓了頓又道：「另外還有大江南北七百五十二間鏢局，請我們督護；水陸七十三路分舵，亦跟我們掛鉤。京城裡我們有的是買賣，從當鋪到酒肆，有很多都是我們一手經營的，城外有不少耕地，都是我們的人在種桑養蠶。」他笑笑又道：「另外，朝廷有時候，也要派我們去作一些他們並不方便作的事，這些事少不了都會動到『金風細雨樓』，而這些事，通常代價都相當不少。」

白愁飛忽然問了一句：「莫不是殘害忠良、鏟除異己？」

蘇夢枕臉上驟然變色，冷冷地道：「這種事，不但『金風細雨樓』不幹，就連『六分半堂』也不會去幹的。我們只對外，不對內；」他沉聲道：「更何況，這種事，朝廷一向養了一群鷹犬，自然會替他們幹好事，朝廷也不見得會信任外人。」

然後他問王小石道：「如果你還想知道多一些，你可以跟我來看我們官兵平寇敉匪的檔案，還有……」

王小石斷然道：「不必了。」

蘇夢枕道：「哦？」

王小石道：「我之所以不加入任何幫會，是因爲他們的錢財來路不正；我之所以不加入任何門派，因爲我不想自囿於狹仄的門戶之見。」他向蘇夢枕衷誠地道：「我現在明白了『金風細雨樓』的經濟來源和胸襟懷抱，願跟大當家效犬馬之勞，死而無憾。」

蘇夢枕笑道：「你言重了。『金風細雨樓』一向極有原則，有所爲而又有所不爲，所以，經濟上一直要比『六分半堂』不討好一些，」他捂著胸前，臉上似有強忍痛苦之色，但眼神卻是愉悅的，「不過，我們還算是有幾分清譽，『金風細雨樓』卻足可自豪。」

王小石道：「這一點千金難買！」

蘇夢枕哈哈大笑道：「對！這一點千金難求！」語音一頓，忽向白愁飛道：「你呢？」

白愁飛道：「我？」

蘇夢枕道：「老三已問完他要問的話、應問的話，你呢？」

白愁飛灑然道：「我沒有話要問。」

蘇夢枕睨著他：「那你有何求？」

白愁飛道：「我只求有個名目。」

蘇夢枕道：「什麼名目？」

白愁飛道：「副樓主。」

◇◇◇◇◇◇

他這句話一說出口，在場的人，都大吃一驚。

不但連莫北神爲之震動，就連在賬房裡的管事們，也紛紛停下了筆、止住了算盤，抬頭望向白愁飛。

——一個才第一次進入樓子裡的年輕人，居然一開口就想當副樓主，真把其他功臣重將置於何地？視若無睹？

——白愁飛是不是太狂了些？

一個人太狂，絕對不是件好事。

尤其是年輕人。

奇怪的是，很多人都把狂妄當作是一件美事，一種足以自豪的德行！

不過，白愁飛臉上並無狂態。

他只是理所當然。

他這句話出口，跟還沒說出之前一般泰然。

稿於一九八五與梁四、蔡五、何七初識時。

校於一九八八年十一月與應鐘、家和返馬行。

再校於一九九〇年十一月六日敦煌順利將「開謝

花」、「談亭會」、「碎夢刀」、「大陣仗」四書出版權取得。

三校於一九九七年八月十八日與梁何在銀都初見小靜舞姿，驚艷不已。

請續看《溫柔的刀》中冊

【武俠經典新版】說英雄·誰是英雄系列

溫柔的刀（上）

作者：溫瑞安
發行人：陳曉林
出版所：風雲時代出版股份有限公司
地址：10576台北市民生東路五段178號7樓之3
電話：(02) 2756-0949
傳真：(02) 2765-3799
執行主編：劉宇青
美術設計：許惠芳
行銷企劃：林安莉
業務總監：張瑋鳳

初版日期：2021年9月新版一刷
版權授權：溫瑞安
ISBN：978-626-7025-00-0
風雲書網：http://www.eastbooks.com.tw
官方部落格：http://eastbooks.pixnet.net/blog
Facebook：http://www.facebook.com/h7560949
E-mail：h7560949@ms15.hinet.net
劃撥帳號：12043291
戶名：風雲時代出版股份有限公司
風雲發行所：33373桃園市龜山區公西村2鄰復興街304巷96號
電話：(03) 318-1378
傳真：(03) 318-1378
法律顧問：永然法律事務所 李永然律師
　　　　　北辰著作權事務所 蕭雄淋律師
行政院新聞局局版台業字第3595號 營利事業統一編號22759935

國家圖書館出版品預行編目資料

溫柔的刀（上）／溫瑞安 著. -- 臺北市：風雲時代，
2021.08-　冊；公分 (說英雄.誰是英雄系列)
武俠經典新版

ISBN 978-626-7025-00-0（上冊：平裝）

1.武俠小說

857.9　　110010857